U0565252

# 有限事物的
# 无限吸引

————————

### 程一身诗选

程一身 著

上海三联书店

# 目 录

辑三 | 双 行 体 及
      十 行 诗
      1991-2016

辑四 | 三 行 体 及
九 行 诗
2009-2019

辑五 | 杂 体 诗
1990-2019

辑一 | 十 四 行 诗
1995-2006

# 黄河风

呼啸而过的黄河风
与耳畔撞击大河的奔流
把大片大片的阳光
吹落到天的尽头

沉默的河床　断裂
浊浪昔日翻滚的涛声
翠绿的麦苗　分割
方砖似的板块，夹缝生存

庞大的机动船，把沉重
植入淤积的泥沙深处
与冬眠的黄河无限接近

来年的雨季，我看见
这片大地汹涌澎湃着
水土交融的民族肤色

1995 年 11 月 20 日

## 干渴的手掌

我把干渴的手掌
插入黑色的瀑布
瀑布飘落到我手上
溅射出玫瑰的芬芳

我的手爬上姊妹峰
姊妹峰如柔软的水果
在风中并肩而立，或
同时摇摆，我遍抚下界

温暖的房屋和明亮的柱子
柔软的床或光滑的布
春天的井以及井中的水

我把手掌贴在上面
狂吸痛饮，然后离开
我的手掌依然干渴

1995 年 12 月 4 日

# 雪中独坐

纷飞的大雪里我独坐
我坐在寒冷的最深处
坐在又是一年的末尾
坐在十二个月的往事上面

雪片从空白的天宇降落
如同赤裸的往事在闪烁
所有的雪片都落在我身上
所有的往事都被我融化

我的身下满是积水
水是往事的本质形式
坐在往事的积水里
没完没了的雪片向我飘来

在这种下雪的日子里
我本身就是一座火炉

1997 年 1 月 22 日

## 故乡在我梦中飞翔

夜色如同密集的雪片
纷纷飘向漆黑的山岗
一张平坦的床如同船只
从我左侧划向右侧

我看见故乡在梦中飞翔
直上直下黑白相间
一排树干让我想起乡亲
无数的手分散在土里

寂静如同坚硬的车轮
来回奔驰在田间小路上
谁的哭声被大雨淹没
漫长的人生如同一声叹息

夜色弥漫高高的山岗
故乡在我眼前不断飞翔

1997 年 9 月 27 日

# 如今我独自在深山

我独自被风吹到了山里
从此再也看不见你了
同在一棵树上的日子
还在我眼前哗哗作响

哗哗作响的是我们叶子
在成长中向蓝天合唱
那三年的日日夜夜
是一条黑白相间的河流

如今我独自在深山
看不见树也看不见平原
你被风吹到了哪里
可曾有谁与你作伴

我说过分别并不可怕
可怕的是一别永不再见

1997 年 10 月 8 日

## 纯洁

站在月光被挡住的地方
怀念比月亮还远的一个人
那人曾在我眼前一闪
随即躲在了月亮的后面

谁的光芒把我照亮
万里路途千年月光
让我发现早年失落的心
土地养育的农家少女

你为什么离开土地
来到这龟壳似的城市
用书本和磁带当作干粮
奔波在通往天堂的路上

纯洁如同最初的月光
高高的不肯落下地面

1997 年 11 月 20 日

# 白昼的月亮

山林在天边举办画展
我和金钱同时被邀
离我最近的一棵树
木叶尽脱孤立无援

在商品社会的棋盘上
金钱银币畅通无阻
真正的棋子关卡重重
车马象士循规蹈矩

在日月并出的空中
当人们把金钱奉为太阳
便感觉不到艺术的光芒
谁看见月亮脸色煞白

商品社会日月并出
而我穷得只有笔墨

1997 年 12 月 19 日

## 时间的飞车

离开了母亲，我踏上
忽明忽暗的时间飞车
日月星辰交替闪耀
窗外的四季向后飞逝

儿时玩伴渐渐走散
陌生的人流向我涌来
一个女子随着月光
飘落我身旁恍如梦想

在群山围定的一片平地
我用与亲友隔绝的日子
练习记住某些面孔
而黑色的风景深入人心

到站之前我能留下什么
时间的飞车直奔死亡

1998 年 1 月 9 日

## 众生平等

——爽儿八个月纪念

众生平等。在你眼里
什么都成了你的玩具
你那双黑亮的眼睛
释放着无尽的好奇

众生平等。在你嘴里
什么都成了你的美食
你那张鲜红的小嘴
咀嚼着不倦的热情

众生平等。一丝天籁
半点人声都会把你惊动
你那对竖立的耳朵
关注着尘世的动静

"ai ai"，你的每一声呐喊
是否也在说"众生平等"

2000 年 3 月 5 日

## 漂泊的五月

五月我开始在世间漂泊
那个被称作故乡的地方
那个生我养我的村庄
是我开始漂泊的海港

在漂泊中相遇在漂泊中
生下女儿生下另一个我
在没有故乡的人世上
生下又一个漂泊的五月

屋顶随时会漂泊而去
故乡的亲人随时会告别
漂泊的浮萍随时会分离
女儿永远是我的女儿

漂泊者之子啊
我终将在漂泊中向你告别

2000 年 5 月 16 日

## 动态平衡

月亮，今夜我愿陪着你
穿越茫远寂静的太空
按照你的速度和方向
我在地球上和你对应前行

我知道你不愿像星星
在秋波传情里终老家门
我知道你不停地前行
是在寻找另一个大光明

其实，太阳和你属于两个世界
我知道你是在抗争宿命
就像一个远离家门的游子
试图在动态中寻求平衡

你用你的清辉告诉我：
"今夜孤单的不是我，是星星。"

2001 年 2 月 28 日

# 寻找海子寻找戈麦

一切几乎完全消失
我已经找遍了整个校园
你不在寝室不在食堂
不在三角地不在未名湖畔

你不在火车开走的地方
不在死水变黑的河底
不在任何一个熟人身边
不在匆匆流逝的岁月里

看着一对对牵扯的肉体
我的手显的那么多余
我随身携带的孤独
如同女人丰满的双乳

你是不是真的消失了
为什么我到处找不到你

2001 年 10 月 2 日

# 众多素不相识的情人

哗啦啦的水浇在我身上
冲刷着我全身的孤独
孤独就像一粒粒微尘
渐渐脱离了我的身体

源源不断的水从天而降
一朵朵水花开在我身上
点点滴滴温柔的水
紧贴肌肤给我安慰

竞相亲吻我肌肤的水
众多素不相识的情人
如今我独自远离家门
是水让我体验到了亲情

整个世界充满了歌声
歌声来自我身上的水

2001 年 10 月 7 日

## 未名湖或类似的美

最多我只能站在你身边
象垂柳一样投个影子
我不可能象小鱼那样
在你的内部游来游去

即使站在你的身边
我也不敢凝视你的美
美往往激起我的占有欲
所以美是我不愿发现的

既然你已撞入我的眼帘
又无法被我拥为己有
我只有忍受你的吸引

碧玉一般温柔美丽的水
我只能看看你的美丽
却无法感受你的温柔

2001. 10. 11-12

## 我听见水声跌落在远处

我听见水声跌落在远处
那么遥远那么清晰
从很高的地方落下来
一直落到我的心里

千里之外四面八方
每一颗惦念我的心
如同一道道悬泉飞瀑
声声呼唤着我的名字

尽管生命已彻底孤独
死亡也不再是一种幻象
你们的一声声呼唤
仍让我感到人生的美好

读着亲人的远方来信
我听见水声跌落在远处

2001 年 11 月 16 日

# 今日北大

北大的大师在哪里
穿梭的情侣像蝴蝶
在我眼前飞来飞去
校园里谁像我匆匆独行

月亮也不愿到这里来
情侣们让它感到孤单
像树这类静止的东西
也萌动了靠拢之意

单个之物都不宜生存
除非它准备结婚
未名湖的难度最大
据说它打算一分为二

情侣们像太阳把北大照亮
大师如孤岛散布在水底

2001 年 12 月 10 日

## 献给我的父亲

我和桐树站在一起
站在故乡的一颗桐树
此刻和我站在一起
我回到了故乡的土地

此刻飘在你头顶的云
我说不清它来自何处
此刻停在你枝上的鸟
我不知道它能停留多久

此刻站在你身边的我
并不明白自身的诞生
在我成长的最初岁月
你为什么教我学习飞翔

赐予我生命的人啊
就像孕育你的土地一样神秘

2002 年 1 月 21 日，密县至郑州车中

## 与树军去北海遣悲怀

寒风在我面前分开
又在我背后汇合重聚
那些不断涌来的水波
又在我脚下纷纷消失

阳光如同破碎的羽毛
浮动在风走过的地方
破碎的羽毛像她的名字
总是不能被风吹离水面

此刻我和对岸的柳树
彼此凝视相互安慰
我不能像你厮守北海
柳树啊我终将离去

归途的风吹在我身上
把我吹成了北海的水

2002 年 12 月 8 日

## 和雨声对话

雨落在窗前的绿叶上
淅淅沥沥地向我歌唱
亲切的旋律如此熟悉
如同我青春已逝的时光

在阳光灿烂的日子里
我跟着太阳东奔西跑
是雨让我停了下来
向我展示人生的真相

在和绿叶分别之后
你又去了什么地方
在单调的岁月河流中
羼杂着多少泪水欢笑

我已经厌倦了漂泊
你可曾找到自己的故乡

2003 年 6 月 30 日

## 徐志摩：关于我的死之追忆

飞机撞到山上的时候
我正和朋友谈诗论文
猝然的灾难躲闪不及
我烧焦的肉体坠落下来

坠落下来的是我的肉体
可我的心仍在飞翔
它轻轻地飞越了峰顶
在蓝天白云之间穿行

穿行在云间的是我的灵魂
父亲已不认我为何还那么伤心
在远离女人的地方
我的形骸为她们破碎

除了这一身破碎的形骸
从此以后我一去不回

2003 年 9 月 9 日

## 再别平陌

火车在黑夜里飞奔
你们在黑夜里安睡
车轮声离你越来越近
却不会把你从梦中惊醒

天亮的时候车停了
你一睁眼看见了我
在梦里遍寻不见的人
此刻就站在你的面前

我听见的那个声音
是女儿在呼唤她的父亲
欢笑着向我挥动的手
就像天鹅在云雾中飞行

火车在黑夜里飞奔
你们在黑夜里安睡

2003 年 11 月 19 日

## 我的节日是忧伤的别名

我说过什么也没有发生
不要看着我的眼睛
太多的日子我昏昏沉沉
节日的来临让我惊醒

我并没有失去什么
我忧伤是因为我渴望
渴望如水日夜流淌
以水为生难免为水所伤

我知道远方有一个你
你知道远方有一个我
我能感到你的牵挂
你也明白我对你的深情

但不要祝我节日快乐
我的节日是忧伤的别名

2004 年元旦

## 张国荣：二零零三年四月一日，香港文华酒店 24 层

万事已了我独自归去
不要以为我要愚弄别人
（我从不曾愚弄过谁）
我的生死与节日无关

直到二十九岁我才成名
从此我年年更上一层楼
如今我站在二十四层
远离人世而接近寒星

我超越人世却滞留于往事
人生没有我并不会不同
现在我要从天堂跳下去
就像一滴雨回归大地

我死之后还会有人谈我
一切都已毫无意义

2004 年 6 月 3 日，T80

## 飘落在屋顶上的雪
——圣诞节读《圣经》作

飘落在屋顶上的雪
安静地照着持续到来的夜
安静是熊熊燃烧的大火
遗留下来的满地灰烬

天国的太阳何时升起
把我的躯体融化成水
期待是潜伏在体内的牢狱
我曾多少次被它围困

那些唱着赞美诗的人
像太阳一样把我吸引
众多雪花把屋顶装饰成白云
让我在对故乡的思念中耗尽一生

飘落在屋顶上的雪
覆盖着我内心的旷野

*2004 年圣诞之夜*

# 千手观音

我已经忘怀世事
那些长着眼睛的手
从不同的方向伸向我
圆圆的就像一轮明月

金黄的灯光融化音乐
我身上没有一丝阴影
世界有多大已不重要
这座庙宇供奉着尘世

舞动被药物摧残的身体
在这漫长的岁月里暂住
那一双双伸出来的手
颤动的不是乞求而是感激

听不见音乐的舞者
深沉地触动了我这颗心

2005 年 2 月 10 日

# 第四只灯笼

这里的春天格外清净
那么多绿色涌进眼睛
但是水呢水在哪里
怎么像第四只灯笼

谁给木头涂上了颜色
让土呈现出原始的表情
需要准备多长时间
死亡才让人不感到突然

那些出外谋生的人
此刻有谁不在想家
你要想知道答案
就得亲自去火塘里问

但是人呢人在哪里
怎么像第四只灯笼

2005 年 12 月 29 日

# 超市里的幻象

那个屁股下垂的人
正在肉块间仔细挑选
各种各样的肉摆到天边
它们不再是猪狗牛羊

虾米还保持着原样
却再也不能蹦蹦跳跳
鱼和乌龟正在水里乱动
它们的寿命仅次于人

鸡蛋放了一层又一层
却看不见一个鸡子
苹果没枝叶土豆不沾泥
露肚皮的花生毫不羞耻

一只只手各取所需
把共产主义丢在篮里

2006 年 1 月 25 日

## 爱因斯坦的顽固幻觉

一条鱼游过广阔的大海
却对身外的水一无所知
前面是水后面是水
哪有什么过去未来

我喜欢过一条美人鱼
后来却又换了一条
作为一个孤独的旅客
曾经的寂寞让我如此快乐

我不止一次看见过网
把我身边的鱼群捕去
连续不断的爆炸声
害死了我那么多同类

生命有个了结是件好事
整个大海会成为我的纪念碑

2006 年 2 月 9 日

# 与五班学生同看《大河恋》

有些石头露出了水面
河水呈现着生命的秘密
那些忙于生活的人
习惯于重复昨天的自己

有些鱼被钓出了水面
河水流淌着生命的秘密
漂亮的人用长相说话
美是一种天然的诱饵

有些水流动在水的下面
河水隐藏着生命的秘密
在父母兄弟离去之前
没有人知道什么是怀念

家乡的河水亘古不变
谁能比它流得更长久

2006 年 4 月 17 日

## 水中央

扑面而来的那种声音
像月光一样把水天笼罩
我甚至看不见她嘴唇开合
却释放出直指人心的力量

清亮圆润的天籁之音
如同天女散落的花瓣
覆盖了静静流淌的江水
覆盖了我这颗沉醉的心

一串串漆黑的燕子
贴着水面四处飞翔
把我的心融化在沱江上

站立在水中央的苗家女子
把她的舞台搭建在水中央
水中央你的美丽令我绝望

2006 年 4 月 25 日

## 城市

就像一粒苍白的微尘
飘荡在这个流动的城市
什么都可以吸引我
我的一生身不由己

那个人只管朝前走路
根本没注意到我的存在
此刻我已经厌倦了自己
我想成为对面的陌生人

刚刚出门的人两手空空
回家的人总会带点东西
我忽然开始羡慕城市
它从不嫌恶自己的历史

需要经过多少次尝试
一个人才能把自己杀死

2006 年 6 月 5 日

## 曙光中的飞鸟

箭一般地射向蓝天
或者扇着翅膀缓缓归来
曙光中的这些飞鸟
又一次迎来它们的黎明

还有飘游在空中的云
俨然是飞鸟的白色姐妹
我反复听见的清脆歌唱
究竟在哪片绿叶后躲藏

飞翔在曙光中的鸟
如果不再有明天
是否还会像现在这样
依然挥舞黑亮的翅膀

还是隐藏在晚霞的余晖里
悔恨一生不曾实现的愿望

2006 年 7 月 11 日

## 半圆的石头

半圆的石头挂在天上
该吃饭了，女儿还没回家
我看见前面的一棵樟树
高过了淡蓝的天空

此刻我已走进楼道
洁白的石头照着楼顶
今天我第二次看见女儿
她身边落满了乒乓球

一个个黄点点弹跳着
在不远的地方停下来
老师说"现在收工了"
最后一个球进了袋子

走出楼道，天已经黑了
柔软的石头挂在空中

2006 年 10 月 31 日

辑二 | 十 四 行 诗
2007-2017

## 峰峦深处的洞穴

太阳习惯了天天出场
它已经不在乎乌云遮挡
深浅不一的黑色夜幕
分隔出一个个相似的日子

亘古照耀尘世的太阳
我的一生只是你的瞬息
就像一只轻捷的燕子
飞不出你两道光线之间的距离

呼啸的风搅动的是水中
倒影，而不是水外的世界
隐藏在峰峦深处的洞穴
诱使平静的水向它集结

时至今日，我才明白
大海为什么汹涌澎湃

2007 年 1 月 16 日

# 桃花源

一棵树上两朵桃花
树枝丫杈隔开你我
三月的风从东吹到西
有一瞬间我看见了你

一树树桃花铺天盖地
春天的枝头鲜艳如斯
众多少女红润的脸庞
盛开着亘古长存的诗意

桃花啊，你可明白
美丽让人不够纯洁
谁能满足于见你一面
却不愿顺手把你带走

与我相邻最近的花
是旁边树上的那一朵

2007 年 3 月 2 日

## 滴水成冰

一滴水跌落在地板上
崩散出无数隐藏的心事
那些四处悬浮的微光
静静地照着深夜的裸体

窗外的小车就像玩具
紧贴着玻璃向前行驶
这悄无声息的盒子
曾经带我们穿越城市

交叉起伏的两种声音
间隔着长短不一的沉默
就像两股清澈的河水
从不同方向把土地滋润

水珠落地的那一瞬间
万物的声音都被淹没

2007 年 3 月 22 日

# 幻听朱哲琴

我听见的歌声就像太阳
悬照在尘世心灵之上
黄皮肤白皮肤黑皮肤
都乐于接受它的沐浴

声音迷离出没无常
清新如旭日绚烂似夕阳
那婉转飞升的嗓音
像正午的晴空到处闪光

光线在风中忽明忽暗
一颗心随节拍上下飞翔
歌声停息余音飘散
世界陷入黑夜的荒凉

鼓声如雷在天边敲响
新的一天又被你照亮

2007 年 4 月 2 日

## 月夜投篮

今晚的月亮纯净金黄
轮廓凸起如蛋黄的浮雕
在夜色弥漫的大地上
投下银白清幽的光芒

我和程三练习投篮儿
抛出的球像黑色月亮
迅速升起又迅速下降
碰到球篮才会停留片刻

篮球出手的那一瞬间
乳房和月亮同时摇晃
穿过球篮的月亮异常温驯
弹跳着惊起满地月光

受到撞击的球篮漠然不动
我想把所有愿望投入篮中

2007 年 5 月 2 日

## 与耿占春共进午餐

球鞋踏上台阶那一瞬间
你就像蜻蜓掠过水面
一声清晰可闻的口啸
先于我们坐在了桌前

紧贴额头的三绺浓发
如黑色檀木雕刻的瀑布
你的脸像燃烧的岩石
崩裂的玉石沾满了水珠

我的筷子停留在半空
与满桌杯盘看落红纷飞
究竟哪个词能一路闪烁
引领我穿越这茫茫尘世

话语停息之处一片沉静
胡须如门守护着记忆

2007 年 5 月 19 日，K337

# 夜听罗大佑

月桂树枝像命运的手掌
在夜空拨弄我的心
月亮金黄月亮金黄
一阵阵凉风吹在我身上

世相广大万物宁静
一切都在黑夜里沉浸
银光闪烁银光闪烁
激情妙音让夜色稀薄

时代的喧嚣不断升温
一茬人收割另一茬人
谁能像你尽情歌哭
用音乐制造流动的墓碑

你的歌声如奇异的手指
透过肌肤抚摩我内心

2007年9月2日

## 西城水恋

十月停留在城市以西
我停留在有水的地方
值得眷恋的并不是水
而是倒映在水中的生活

天空倒映在水里的天空
楼宇倒映在水里的楼宇
往事倒映在水里的回忆
期待倒映在水里的未来

水波之上我心荡漾
内心的狂喜随风乍起
无边的悲怆涌向远方

尘世的美丽没有尽头
此刻我的泪水也是赞美
醉心于美的人拒绝死亡

2007 年 10 月 8 日

# 谁在把我反复摇晃

谁在把我反复摇晃
像风中荷叶上的露珠
无法停留在一个地方
院子里大街上站满了人

无数张嘴说出同一个词
像狂舞的树叶互相碰撞
回荡在教室里的声音
一双双向前凝望的目光

突然随着楼房倒塌下来
汶川成了飓风中的海洋
大地上的生命如同浪花
迸裂破碎，被废墟掩埋

我浑身颤动泪水满眶
远方的大地还在摇晃

2008 年 5 月 14 日

## 间隔十年的死亡

四月五日，广州；天亮以后
有人开窗呼吸新鲜空气
却发现一具赤裸的女尸
悬挂在十二楼的横梁上

尸体就像充血的裙子
搭在绷直的晾衣绳上
警方宣称她是自杀
并非死于三个韩国人之手

死者谭静演过电影
生前渴望成为明星
她家中还有一位母亲
三个弟弟。十年之前

她的父亲在洛阳被害
杀人凶手至今逍遥法外

2008 年 5 月 15 日

## 讲课中的萧开愚

门又在响，我得把它关严
现在是我上课的时间
不能让别的声音进来
你们只需把耳朵打开

当前的教室还有待改造
我暂且倚着讲台的左侧
说真的，我想躺在这儿
用最舒服的姿势谈论诗歌

事实上我们可以坐在一起
面对面，膝盖儿挨着膝盖儿
让我的呼吸吹动你们的头发

在讲解中我漫游得越来越远
直到你们的私语把我惊醒
却无人告诉我我走到了哪里

2008 年 5 月 15 日

## 悬崖

——为莎拉·布莱曼（Sarah Brightman）作

风吹不动，你高悬空中
俯视尘世苍茫的海水
无数瞬息生成的浪花
向你奔腾又纷纷落下

你切开太阳吞食明月
将日光月华融入体内
原本尖锐粗糙的棱角
被磨砺成曲线绵延不绝

你把我的目光引向远方
任它在悬崖尽头突然跌落
我手灵敏我足轻捷
哪里有路让我向你攀越

高耸的悬崖被潮水摇动
在颤动的光芒里如同幻觉

2008 年 8 月 8 日

# 我们隔着长长的栅栏

秋深了，天很快暗下来
稀疏的雨落下点点清凉
我走下楼寻找女儿
正好听见她叫"爸爸"

我们隔着长长的栅栏
同时走向小区的门口
女儿身挎书包的背影
一次次被栅栏阻隔在外

那时候她如同不存在
所有栅栏消失之后
我看见亭亭玉立的她
真真实实地向我走来

携手走在回家的路上
雨中的夜色分外明亮

2008 年 10 月 31 日

## 自由结合时代的人和动物
——与祖志交谈后作


一个男人和一个女人
可以组成一个家庭
一个男人和一个男人
也可以组成一个家庭


一个女人和一个男人
可以生育一个孩子
一个女人和另一个男人
也可以生育一个孩子


一个男人和一头狼狗
被一条绷紧的锁链牵着
一个女人和一只狮子狗
被松弛的声音锁链遥控着
（腰悬铃铛的小狗相当听话）


哪个人，哪个动物
跟传说中的爱情有过艳遇

2008 年 11 月 26 日

## 铁塔

我被建成后屹立至今
与周围的事物皆不相同
我拒绝小鸟以我为巢
拒绝贴身而过的风

为我停留。日升月落
我目睹了太多人世浮沉
昔日无限繁华的都城
沦落为如此荒凉的市镇

我傲然兀立并不陪伴谁
多年前我渴望被人看见
如今我拒绝迎合目光
而成长，我渴望缩小

甚至是消失陷入土地
活着却不被世人注意

2008 年 12 月 21 日

# 雪中骑车送女儿去学校

飘荡旋舞在风中的雪花
仿佛一群群快乐的小鸟
扑闪着翅膀飞向我的眼睛
如同回到自己的巢中

我的双手紧握车把
关节紧绷如山峦起伏
皮肤下渗出一点点红
如从火焰中升腾的火星

黑色车把红色手背
早已被火焰焊接在一起
刀刃一般锋利的雪片
逐渐融化成一颗颗亮圆的水珠

黑车把红手背载着它们
一路前行而不下坠

2009 年 1 月 6 日

## 燕子飞过城市

燕子飞过城市上空
而不落下，寸土皆金
城里没有它们的地盘
隔着玻璃我看见燕子

迎面飞入行驶的车顶
在我心中留下一片和谐
那些黑点似乎缺一不可
任何两只相邻的燕子

同时扇动身边的空气
彼此交流内心的言语
而我身边陌生的同类
像焊接在椅子上的椅子

燕子仍然在车顶上飞翔
它们为我预留了一个空隙

2009 年 5 月 7 日

## 搅拌机与花朵

二路公交驶入洞庭大道
隔着绿意浮动的树梢
太阳和公交平行奔跑
春光照耀震颤的玻璃

玻璃像冰面正在融化
它变薄透明却不消失
一大片金黄的油菜花
从田野持续飞入我的眼睛

突然出现一台搅拌机
高大坚硬浑身溅满水泥
停放在随风曼舞的花丛里

掌灯之后，街上的男女
将陆续回到昔日的花丛
在不同楼层孕育新新人类

2009 年 5 月 8 日

# 时代的劳作者

劳作者俯身接近大地
如缀满果实的弧形树枝
尘世的光芒向你汇集
又被你反射在我眼里

你就像裸露在外的树根
呈现着生命深处的秘密
你围绕的那些人
却围绕着金钱和情欲

而你却默默地做贡献
或被奴役，卖命或送死
你重复着单调的日子
无心享乐也无力消费

你已被永无穷尽的劳作
紧紧攫住，置于时代的中心

2009 年 6 月 29 日

## 钦宗巡查宋都御街

变天似乎已成定局
我离开皇宫视察城池
马踏过烂泥，浓如血浆
御街已不再是神圣之地

老祖宗的面孔浮上心头
他们修了这条街，许多人
走过：包拯、韩琦、苏轼
还有我刚退位的父亲

他瞒着三十四个女儿
沿着这条街探访青楼
我担心我的姐妹
也会经历她们的命运

风雨侵袭，这座城池和
我的渺茫还能坚持多久？

2009 年 8 月 24 日

## 北京的月亮
——致王岳川老师

小桥隆起，接近苍穹
今夜你还来不来
陪伴趋向圆满的月亮
为离别的人演奏相思

让声音覆盖湖水穿越树丛
散入永无穷尽的远方
让月亮停在夜空忘记移动
犹如此刻向你凝望的眼睛

多年以来，我不在北京
我在北京的月亮下面
只要你演奏，我就能听见

甚至在你演奏的间隙
仍有声音回旋
我已被你笼罩，走不出来

2009 年 10 月 3 日

# 大海

沙滩松软，岩石皆棱
你被管束着，早已浑然不觉
自由的风永在吹拂
你试图脱离大海，却遇到岩石

突然的撞击让你飞翔
此时你浑身洁白而大海泛青
被打湿的石头闪着红光
伴随潮水发出的叹息

你在上升与堕落间画出一条弧线
直到再次落入海里，失去你自己
而大海无伤。风还在吹

你一次次涌上沙滩的斜坡
再泛着白沫迟迟退去
你是一滴水，终将回归大海

2009 年 12 月 30 日，曾厝垵海滨

# 南普陀寺

山高寺阔，可以同时容纳
很多人烧香、叩头、拍照
香炷成灰，白烟散尽
真人对着假人（佛像）跪拜

磕头的人屁股浑圆
大悲殿前，人与人首尾相连
此刻，每个上香者都不相信
身边的活人；她们双手合十

向金人（佛像）许下愿心
再把钱币塞进盒缝。此情此景
有时被观光的游客拍进相机

正午时分，一队僧人身穿黄袍
左手托着小小的饭钵
伴随钟声进入游客的禁地

2009 年 12 月 31 日

## 危险的关系

萎缩的阴茎孤悬于世
勃起有时释放有时
此刻它并不指向谁
异常安静，与大地垂直

日落多时，入夜多时
城市的余温仍在催生汗珠
街上到处晃动着肉体
男子裸上身女人露四肢

我们被允许少穿衣服（但不准不穿）
被允许相互观看（却不宜接触）
被允许公开交易（暂不包括性）
被允许小吃满腹或饥肠辘辘

我们被允许我们不被允许
被允许有时不被允许有时

2010 年 6 月 27 日，开封书店街

## 不朽者预感到自身的死亡

此时，你已经无力使它们更完美。
你只能把它们留下来，
像一个就要离开世界的母亲留下一大堆孩子，
它们美丑不一，各有各的命运。

凭你的才能，你本可以把它们制作得更好些，
只是你常常不能抵制下一个的诱惑。
或许可以这样说，你是多产的，简直太多产了，
一个人完成了这么多作品。

事实上，你很清楚这些作品中你真正满意的
　　只有几件，
大多数可有可无；突然，你不无遗憾地发现
　　其中还有拙劣之物，
它们异常显眼，而且似乎越来越多。

你感到这些拙劣之物正在暗中破坏你辛辛苦
　　苦建立起来的声誉。
那一瞬间，你简直不能原谅自己，竟然生产

过拙劣的东西,
而这时你剩下的力量已不足以把它们一一
销毁。

2010 年 8 月 21 日

# 萤火虫

飞行增强了它的亮光
萤火虫乘着桂花的香气
寻找那面丢失的镜子
从镜子里，它曾看到

另一个自己，隔着水面
飞出和它完全相同的姿势
也许谈不上飞，只是游动
轻而缓，如一粒闪光的土

它离开湖水来到草地
突然失去了另一个自己
穿越花丛的阴影时
那点盈盈绿光更加凝聚

它贴着墙根不再离去，或许
墙那边也有一只萤火虫在飞

2010 年 10 月 9 日

## 过年前夕的村庄

过年前夕的村庄仍然停电
月亮撒着银子，无人捡拾
柏油路上到处是散步的人
配合他们的肚子消化食物

女人围着一堆篝火形成半圆
在沉默中感受彼此的存在
她们背后的杨树细长笔直
密布在高远静穆的夜空里

雨后的池塘蛙鸣阵阵
画"十"字的房里传出歌声
隔着半开半闭的后门
可以看见一排坐人的长凳

四个穿棉大衣的男人在村口争论
农民工的贡献是否大于城里人

2013年1月26日，春节还乡途中作

# 大书房

卡布奇诺与青岛啤酒干杯
盘子里的沙拉与比萨即将
不再完整，兴许能在体内
制造凉意，对抗外界的高温

此刻，你初来时脸上的红与汗
已消失，把牛牵进教室的徐玉诺
边走路边亲吻的苏金伞，这两位
河南诗人在临时的课堂被你复活

你曾期待过高的妹妹
你做成的一次媒
人到中年仍然受骗的经历
当春乃发生的抑郁症

一个人的一生可以写成多少本书
未必陈列在这个大书房里

2014 年 6 月 13 日

## 筠子挽歌

——套写查良铮译奥登《战时》组诗第 18 首

她被使用在远离父亲母亲的地方，
又被她的男人和她的乳罩所遗弃，
于是在一根暖气管子下她闭上眼睛
而离开人世。人家不会把她提起。

当这个故事被整理成书的时候，
没有重要的知识在她的头壳里丧失。
她的美丽是多余的，她善良如当初，
她的名字和模样都将永远消逝。

她不抗恶，不怨恶，却教育了我们，
并且像逗点一样加添上意义；
她在城市变为尘土，以便在他日

我们的男孩得以热爱这人间，
不再像狼去伤害；也为了使有钱、
有爱、有独立的地方，也能有女人。

2014 年 12 月 31 日

# 微雨中的老西门

微雨使老西门的路显得
格外宽敞，玻璃店铺里
摆着成排空椅子，你走后
我们的家也像这玻璃店铺

微雨增强了我对世界的感知
点点滴滴的凉渗入我肌肤
渗入玻璃桌上我们相邻的倒影

一盏灯悬在黄昏里，周边的
空气持续加入安静的燃烧
愈来愈亮的光照耀着我们

剧场的主角，谈不上表演
只是寻常的陪伴，偶尔的拥抱
似乎我们已习惯这种状态
离别在即也没有可供深入的空间

2017 年 9 月 5 日

辑三 | 双 行 体 及
十 行 诗
1991-2016

# 传说

灰色的视野里
一点永恒的亮色

曾经冷冻的心
复苏了

如何让你得知
我的心事

倏忽告别了
数十载的岁月

我的自传里
不乏你的传说

1991 年 12 月 6 日

## 天涯

我走到哪里，哪里就是天涯
故乡一直是我的圆心

2007 年 2 月 23 日

# 一个自考生的论文答辩

你站在讲台上朗读
展开的论文遮着胸脯

刚刚平静下来的项链
又随着语流颤动起伏

经过精心修剪的眉毛
每天占用你多长时间

尾随在身后的发辫
此刻的美丽有何用处

你的声音越过敞开的窗户
向大千世界寻找落脚之处

人很多，听众却没有一个
你自己也不知道在说什么

偶尔的迟疑预示着结束
玻璃窗上消失了你的影子

2008 年 5 月 31 日

# 飞

两只鸟，飞去又飞回
围着一弯清清的溪水

在飞时，鸟迅速离开自身
又回到自身（或回不到自身）

在飞时，一只鸟的身体
融入另一只鸟的身体

欢乐谷像正午的厨房
向空中弥漫着宇宙之痒

那一缕缕白色炊烟里
散发着即将成熟的食物香

2012 年 8 月 7 日

## 雨中的空气

突然发现外面在下雨
细而急，几乎没有声音

得让它哭个够，我心里说
整个世界都在寻求平衡

没有你的小区，没有
什么可以填空，没有

今晚散步可以休矣
生命还是会延续

有一种爱让你珍惜
它裹挟的痛苦像雨中的空气

2012 年 8 月 13 日

## 听雅尼

听雅尼度过这个夏天
多少泪水被它引出

又被它吸收，如此爱
那悠扬起伏的旋律

像空中的一缕长云
在我头顶聚集翻滚

尘世的泪水在我头顶
聚集翻滚。爱的艰难

难以平息。秋风吹过
我们的爱没有结果

2012 年 8 月 24 日

## 结局

人人都有，并非我自己
见过多少之后才能亲历

孤独是存在的别名
爱再多也不能把它消除

或许爱到最后是个伤
正如活到最后是个死

河流再宽也会遇到岸
手握得再紧也会松开

曾经的欢乐与哭泣
被风吹走无人收拾

2012 年 8 月 26 日

# 弗里达

你乘坐的公交车被撞了
你的身体破碎如窗玻璃

十八岁,重新被拼接成人
被石膏固定,躺在床上

死亡已强行插入你的生命
就像那只扶手穿过你的阴道

还有什么应该遵守
还有什么不能原谅

你活着,只能忍着疼痛
彻底摧毁已经破碎的肉身

2012 年 11 月 1 日

## 次好的结局

他们在下面游走买卖摇滚
对面吊脚楼上灯笼的红光

波动在江心；白窗纱透明
被面阴凉，水波在室内跳荡

似乎我仍在船上，经历沱江
似乎你坐在另一张凳子上

与我一同观赏这里的风景
黎明淡入夜色，太多美丽

消失在空寂的阳台，似乎
为了让我离去时不感到惋惜

2012 年 11 月 13 日

# 栅栏那边的狗

透过被漆成黑色的铁栅栏
我看见一条白净的路通进村子深处

一只黄狗慢悠悠地走出来
缓缓穿越通进村子的那条路

这是午后，它似乎知道车辆已午休
狗长长的身子被一根根栅栏

分成一个个长条状的方块
但它还活着，在栅栏那边移动

我不能拆掉栅栏，我看见的是
一只被分成数块却仍在移动的狗

2013 年 6 月 20 日

# 不惑之年的自画像

落日不盲目
沿既定轨道下沉

晚风劲吹一片叶
无枝可依，大地

收留我，供我漂泊
不寄希望于任何人

2013 年 6 月 26 日

## 诗人多多

有必要发明声音隔离器
隔离另一桌的喧闹，隔离

从墙上播出的轻音乐
让整个酒吧只有你的声音

坐在我对面，说到兴奋处
你像个满头银发的孩子

"我告诉你"，你的语气
坚定瓷实；夜半散去

你挥手，出租车没有停
你摆动的手被寒气冻住

2014 年 1 月 13 日

# 眼镜湖

到处是纯净的深蓝，召唤我们
飞升向另一个世界，变成

两朵云；寒冷给湖水戴上眼镜
一对父子沿着结冰的镜面行走

不断有鸟飞向对岸的树丛
神秘的感应，鸟越聚越多

吸引我们加入，当我们临近
它们忽然飞散，剩下我们

在隐蔽的山坡喘息，那时
我们头顶蓝天却浑然不知

2014 年 1 月 14 日

## 荠荠菜

紫红的茎和叶露出尘世
拨开腐草，看见鲜绿

紧趴在土地上；它们都不冷
有的已经在风里开花

你在郊野公园挖荠荠菜
消遣元旦下午的寂寥

爱到两年半就会消失
如果幸运可以变成亲情

香嫩的荠荠菜可以止血
如果血从你身体里流出来

2015 年 1 月 2 日

## 被雷声穿透的雨丝

会写那个字有什么用
你已经被爱抛弃

突然打雷了，雨
清洗着树叶上的尘土

为何不清洗人心里的苦
突然不知如何生活

找不到与心对应的词
或许词语也把你抛弃

陪伴你的是又一声惊雷
和被雷声穿透的雨丝

2016 年 2 月 12 日

## 爱一个人

爱一个人内心充满喜悦
头发肌肤融入身边的草木

爱一个人身体变得轻盈
坐在椅子上静静飘升

爱一个人像爱一件瓷器
不断擦洗又怕把它弄碎

爱一个人担心对方再爱上别人
剩下自己重新落入无边的寂静

2016 年 4 月 7 日

三 行 体 及
九 行 诗
2009-2019

## 夜间工地

我听见咚咚的响声
从夜空垂直坠落
楔入我脚下的土地

绿纱围绕的楼房
逐日升高，红旗飘飘
弯曲的腰身细如钢筋

灯光下，楼顶有人对话
那声音如同天籁
随风飘散却难以破解

2009 年 8 月 20 日

## 方向感


树枝枯黑如一团乱麻
几乎铺展到大地尽头
黎明时分，一只小鸟

终于穿越这座迷宫
径直飞入我的眼睛
让我透过交错的枝丫

看清了天空的本色
时间穿越万物
谁能避免被取代的命运

2009 年 9 月 19 日

# 厦门听潮

夜色弥漫，潮声不绝于耳
我站在夜色与潮声之间
让潮水灌进我的耳朵

哗哗的响声清晰而柔和
一种被力量驱动的节奏
诱使我摆脱沉默

一路上，你的话不绝于耳
（并非说给我，我无意中听见）
像曾厝垵海滨的潮声
使夜色透明、道路澄澈

2010 年 1 月 3 日

# 梦见雪

光一直簇拥着我；睁开眼后我才知道
遍地是雪，安静，再没有一片雪花降临
太阳刚刚升起，距离雪地不到一尺

雪随地势起伏，高处的雪直刺眼睛
阴影里的雪吸引我的目光。我看见
雪在阴影里燃烧，涌动着蓝色火苗

在雪中，燃烧的火让人感觉荫凉
当我醒来，雪、地和太阳突然全部融化
变成了光，凝聚在清晨的窗户上

2010 年 2 月 18 日

## 水中流动的火焰

水中流动的火焰，温暖我全身
一扭头，看见父亲，在木桶左边
几乎和我脸对脸；时隔五年

他容貌依旧，我极力使水波平静
唯恐把他惊走："新年了，来看看你……"
父亲从没来过，竟然找到了我的家

2010 年 2 月 18 日

## 路边的电话亭

一手紧握话筒，另一只手
不断甩动（你看不见）
驱逐来自四面八方的声音

听不清你说什么，我想钻进话筒
话筒里传出车辆的呼啸声
你的话如同火焰，温热被风吹冷

信号不好，我感觉你也在大街上
拿着手机边说边走；这边的鸣笛
呼应那边车辆的运行，我的回答

接不上你的提问，一张铝板
抛在另一张铝板上，各种声音
相互摩擦，砂轮转动冒出火星

我想把话筒扔到街上（也许会吓着你）
还是把它放回原处；瞬间的安静
我想拆掉电话亭，把它装到诗墙里面

2010 年 3 月 10 日

## 谢宗芬

她像一袭柔软丝绸
制成的旗袍，被掼到墙上
沿着床头尖锐的棱角

折叠在她被爱抚过的地方
旗袍上的那朵牡丹
此刻变成了两条闪光的线

和她持续滴落的泪水
合成一个动态的"井"字
泪珠跌落在她蜷曲的手上

就像刚才她跌落在床上那样
不制造声音，也不发出声音
她并非不存在，她活着

就是被他支配，任他处置
直到他死去，还留给她
十二年的铁窗牢狱

如今她应该刑满释放

不知是否回到筠连县城

重新成为两个女孩的母亲

2011 年 2 月 27 日

# 这个时代残余的道德

这个时代残余的道德
如同建设工地发出的噪声
时而轻缓，时而急骤

裸露在空中的每片树叶
无一幸免被它震动
躺在沙发里的秃顶男子

应和着紧闭的玻璃窗
一起颤抖：城市永不完美
建设永无止境，拆迁

势在必行；泪水只不过是
混凝土的一部分，震颤
已经成为城市生活的核心

无处不在，持续不停
这个时代残余的道德
迫使你不得与众不同

2011 年 3 月 1 日

## 麦芒回到故乡的夜晚

甚至空气也被相机的咔嚓声剪断
这时不需要诗歌，也不需要词语
相机足以完成一切，被带入历史的

企图尚需时间判决。而我
宁愿相信记忆，坚持把它带进词语
面对那么多人，沉默是不道德的

至少它让你感到压力，迫使你
在话语的空隙找到一个入口
并随时准备着被打断或被淹没

刚刚吐出嘴唇的词语仿佛失去棋盘的
棋子，沿着暗红的沙发落到光洁的
地板上，悄无声息地滚进阴影里。

就像这些词语，所有消失的事物
如同从未存在过。这个世界不完整
也不连续，它在不断被打断中运行

此刻，每个走动或安坐在房间里的人
存在着，却听任"我"暂时失去自己
让这个夜晚接近一场难以拼贴的梦境

　　　　　　　2011 年 5 月 5 日

## 拼命三郎的摇滚之夜

他开着摩托从舞女中间穿过
在舞台前沿让嘟嘟声停住
随后斜跨在后座上开始摇滚

他的光头像一块狂吼的石头
灯光闪射，他低下头抬起脚
他要把自己折叠起来拧成一团

在忽明忽暗的震耳声中歌唱
他把红框子的眼镜扔向台阶
他脱光上身，露出文身歌唱

他撕开上衣，挂在脖子上歌唱
他踢掉鞋子歌唱，他转身拿来
一根短棒，腰间挎着两把菜刀

他抽出菜刀砍削木棒
他把菜刀卡在木巢里
他赤裸双脚站在利刃上

他想把整个世界纳入舞台
他想把自己献给每个观众
他全身的血在沸腾，渴望交换

他把啤酒倒进喉咙里歌唱
他不许任何人离席，他迫使
观众热烈鼓掌大声尖叫

他把倒进喉咙里的酒喊出来
他让四个空酒瓶贴着地面
滚过舞台，没有一个落到观众中间

2011 年 5 月 10 日

## 走出珍味坊

走出珍味坊，面对大街
站立着，等待车辆之间出现空隙
好让我们平安穿越尘世

暑气仍在和雨珠厮打
粘在肌肤上，把人变成蒸笼
热气朝外冒潮气往里渗

你的面孔仍可辨识，你的痛苦
无人可以替你消除，信一切
或什么都不信，时间带给我的

怀疑，如同一种邪恶的智慧
我的平和是大街对面的那棵树
它貌似要倒下来却稳稳地站着

零星的对话不成片段
词语在干涸的寂静里断裂
临别之际，让我向你表明

一个懒散而挑剔的素食主义者
对世界的态度：拒绝多余食品
只被有限的事物吸引，做个节约的人

2011 年 6 月 25 日，生日

## 岁末的忧伤

岁末的风吹白了湖水
吹红了你的面容
你一手扶车把，一手悬空

鬓角那缕黑发被风拉长
逆着你骑车的方向飞行
此刻，你的整颗心系在

那只悬空的手上，那只手
握着一叠材料，风吹不走
你要用它向老板复命

用它换来下一顿口粮
活着，远远比死去艰难
你不赞成那个跳楼的人

你让日子在流逝中持续
让裸露的面容被寒风吹红
让自己无暇顾及自己的忧伤

2011 年 12 月 26 日

## 教师自画像

让沉默的人走向讲台
面对一颗颗乌黑的脑袋
吐出一串串合理的废话

讲什么并不要紧
重复去年的话也不要紧
没有人听也不要紧

要紧的是你不能停下来
你的话比不上叫卖声
广告词可以惊动天上云

比不上歌手，让万人欢呼
比不上政要，被跟踪报道
在两次铃声之间，你必须

用孤单的声音画出一条
心电图般的锯齿状曲线
下课后你再也不想开口

你感到一辈子的话已经说完
你的嘴巴被沉默缝合起来
你变成了一座坚硬的雕像

2012 年 1 月 1 日

# 黑暗中的风与灯

风吹动原野上的黑暗
吹不灭村子里的灯火
那一粒粒灯火是村庄的心脏

公路两侧，捕蝉人手执长竿
不放过一棵树，手电筒的
雪白光束晃动着树枝

电车拐入通向乡村的路口
死神的潜伏处。端午节，
一个六岁的男孩从这里

下车，绕过客车前面
奔向前来接他的舅舅
突然被一辆轿车撞飞

三五成群的打工者像晚归的学生
骑着车从这条路回家，谈论着
那个下班后死在厕所里的年轻女工

我们都处在黑暗的笼罩中
不知道下一刻会发生什么
风与灯，以及无法消除的黑暗

构成了我们晦暗不明的生活
此刻，哪些离去的人尚未归来
村庄的灯火还在盼望

2012 年 7 月 15 日

# 从树叶看见词语

那么多树我叫不出名字
每棵树都长着相同的叶子
与其他树彼此各异

一首诗应像一棵树
树树不同，诗诗亦应不同
诗中的词语应像叶子

拥有相同的形状色调气息
只是方向各异：上下左右
密集层叠地指向整个尘世

清晨的光，夜间的雨
使树清晰朦胧运动静止
却不改变它自身的结构

2013 年 6 月 7 日

## 故乡夜雪

你在黑暗中谈到黑暗
并把它作为一个比喻
表明你此时的心境

你在故乡谈到故乡
说故乡已变成比喻
我们的青春已不在尘世

这时故乡的夜突然飘雪
前车灯如同舞台探照灯
雪花飘舞如同一个比喻

故乡为我们飘雪的夜晚
一个接近于童话的世界
流逝的青春能否从黑暗中返回

2013 年 7 月 29 日

## 用空气制造

我感到天桥台阶上的积雨
正渗进我脚趾，灯火在前方
剧烈燃烧，一辆辆飞车

火球般滚过中关村大街
此刻，月亮躲在一缕云后面
我想用空气制造一个女人

她未必美丽但不被道德束缚
她会跟我说话，和我同步
而不是从我身边匆匆走过

2013 年 9 月 21 日

# 理发师

大街上，一辆白色卡车匀速穿过
我镜中的头颅，站在我前面
微微俯身的理发师被拦腰斩断

他的两只手还在围着我的头发
忙活，一只手里的电动理发刀
像蜻蜓点点某处头发，另一只手

里的小木梳就会跟上来梳梳
有时他故意离我远些，两个眼珠
从固定在墙上的镜中来回转动

他分明把我的头当成了他的作品
为了让它更美观，透过镜子
我看见他反复打量我的头部

对那些不妥当的细节修修剪剪
略显羞涩的脸上看不到丝毫厌倦
他比某些作家还注重修改

2015 年 3 月 12 日

# 二七路口清晨

怒吼的车流夹杂着
骑车或步行的静默人流
纷纷汇入道路的河床

迅速掠过勉强睁开的眼
睁大的眼，迅速掠过
呆滞的脸油光的脸

昨夜失眠的人酣睡的人
独宿的人刚过完性生活的人
此刻汇在一起向前流动

2015 年 8 月 15 日

## 白马湖公园

走在白马湖公园的木桥上
湖水吸引我停下来，对着
水中的云朵打一个哈欠

倒影在水里的楼群亲如邻居
此刻楼里的人或许酣睡
或许抱着另一半孕育二胎

一个上身赤裸的晨练者
从我身后跑过，我脚下
传来一阵持续的轻微震颤

坚持是难的，放弃更难

2015 年 11 月 1 日

# 河流到下游

鞭炮炸裂的声浪把我唤醒
天已经亮了，阳光照进窗棂
今天与昨天有何不同

出现在鞭炮声间隙里的鸟鸣
听起来诡异得像过世的亲人
如今离我最近的亲人是河流

河流到下游就会平静
它流淌却不发出声音
我陪它也不发出声音

2016 年 2 月 8 日

## 零点前后的交谈

只微弱震动室内的空气
空气，未必在视察监听
我们说的话都会变成空无

至多成为偶尔追忆的苍茫时刻
我们没谈人类，只聊诗歌
除非诗里有人类，而不是不疼不痒

这是你的故乡，你却称我
"老常德人"，我生活在这里确实
比你更久，可我不能把它变成故乡

辨识同代人让我们几乎盲目
让生活成为写作的别名
把我们珍惜的变成词语或罪证

2016 年 5 月 27 日

# 九行诗

一个后半夜醒来的人
接受寂静和失眠的统治
声音渐渐多起来
像穷人积攒的分币
在粗布衣袋里轻轻碰撞
咔嚓，车轮跌入道路的坑洼
碾过我的听觉扬长而去
久久，想着你的样子
我陷入众多噪声的统治

2016 年 4 月 13 日

## 我来到北京

我来到北京汇入陌生的人流
身边走着刚下飞机和高铁的人
已经变成市民的人和农民工
只携带着金钱和欲望的男人女人
心怀梦想的人遍体鳞伤的人
无论活着还是死去都被忽略的人
厌倦尘世又不肯自杀的人
现在活着下一秒就会死掉的人
我来到人间看到这么多陌生的同类

2016 年 4 月 13 日

## 论灵魂的虚构性
——未名湖畔仿佩索阿

我怀疑她剧烈颤动的肉体里是否装着灵魂
我怀疑我肉体剧烈颤动时是否拥有灵魂
我怀疑人肉体剧烈颤动时是否具有灵魂
灵魂不过是人的自我虚构
人只有心，接纳并排出血液
人的心并非灵魂，就像眼睛耳朵
只是肉体的一部分
眼有眼光，耳有听力，心并无灵魂
她肉体剧烈颤动时怀下的胎儿也不会有灵魂

2016 年 4 月 15 日

## 人体教堂

它们突出，似乎要脱离身体
当你俯身，它们下垂并不落下
它们亲密，长得一模一样
一对终生相伴的双胞胎姐妹
当你奔跑，它们就会成为
两个蹦蹦跳跳的调皮小孩
当你侧躺，一个会情人似的抚摸
另一个，它们从不孤独永不背叛对方
它们是乳房，致幻剂，温柔的人体教堂

2016 年 4 月 19 日

# 在二七广场

几乎无人替二七塔感到孤独
几乎无人替那个在步行街爬行的壮汉感到
　　难过
他的右裤腿下半截是扁的，直伸的右手推着
　　一个空空的红色洗脸盆
我也径直走过，没有朝里面投一毛钱的钞票
两个推销的小伙子站在商店前的方塑料凳上
　　喊哑了嗓子
坐在广场长椅上的人都在摆弄手机，似乎他们
　　所爱的人都在远方
或许真是这样，至少此刻我爱的人不在身边
"像我这样为爱痴狂""我的心太乱"，无人
　　理会的歌声相互干扰
或许真是这样，每个人的痛苦都不能治愈
　　他人的悲伤

2016 年 4 月 19 日

## 置身于扬州古运河的春光里

此刻河床感到了河流的沉重
爱美者感到了美的沉重
"好头颈，谁当斫之？"
开通运河建造迷楼的那个皇帝
死得不如意。又是春江花月夜
诗人杨广托梦告诉我他想再死一次
让他爱的女人砍断他美丽的脖子
让他高贵的头颅像一枚春月
缓缓坠入覆满花影的江底

2016 年 4 月 23 日

## 在洛水，从自身的倒影里看见曹植

其实我不屑与谁争，包括帝位
甄氏，你构成了唯一的例外
你是我的不忍放弃，放弃你
等于让你放弃你的美
等于让我放弃我的艺术
我做了一场有你的华丽的梦
我只能把它变成词语的现实
权力排挤我终将迫害我
我注定在美面前赢得一场惨败

2016 年 4 月 23 日

## 在壮悔堂坐到天明

比祖先更困惑，为何
当初的追求都成了错误
令我悔恨？我参加的科举
写下的诗文，爱过的女人
（香君已被父亲赶出府门）
我不想成为别人，也不想成为自己
一切都会变成虚无
人类所有的活动不过是
变成虚无前的一阵阵挣扎

2016 年 4 月 24 日

# 打折时代的物价和人

他的微笑是真实的
他对你的关心似乎也是真实的
他迎合你的欲望为你规划理想生活

办公室里的红木家具是真实的
挂在墙上的那张狼皮似乎也是真实的
"你摸一下它很柔软"（他亲手示范）

他自称当过兵是个实诚人
他给商品打折：从六五折直到两折
（这时被打折的商品并无变化）

打折时他的嘴巴是真实的
从高处降下的数字似乎也是真实的
终于降到不能再降的时刻

你打开手机用微信向他转账
他哀叹着赔了血本，你并不同情
暗自猜想着到底被他赚了多少

2017 年 10 月 8 日

## 理想主义者的忧郁

飞舞的蝴蝶不知道自身很美
它爱这朵花也爱那朵花
没有什么道德限制它

花朵不知道自身的倒影很美
也不把喜爱它的蝴蝶叫作恋人
只是随时接受它的爱抚

更好生活的诱惑破坏了多少人
原本可以平静享受的日子
甚至让美丽的生命突然终止

此刻我拒绝把贴在暮色枝叶间
貌似均匀的那张圆圆白纸叫作月亮
我叫它遥远，不可抵达

2018 年 5 月 28 日

## 在常熟向虚无抒情
——有感于杨键画作《钵与芒鞋》


坟墓如倒扣的碗，大地之中
并未埋人：黄公望柳如是翁同龢
已变成大体相似的泥土或白骨


前途即末路，早晚而已
一切成败得失必被死亡终结
奔波的足音仍在呼应尖锐的肠鸣


黑碗空空，盛满永恒
空气与饥饿，一代代觅食者
人去鞋空，经过坟墓进入来世


2019 年 4 月 11 日

辑五 | 杂 体 诗
1990-2019

# 野火

我是一堆沉默的火
燃烧在浓黑的旷野
风啊，请吹得更猛烈些
在一瞬吹出我所有的热
把我光焰的火团扬上高空
在天上凝成一颗闪亮的星
再请你把我的灰撒遍世界
让它们在我的照耀下开始全新的生活

1990 年 3 月 15 日

# 诗人

捏一枚深秋飘零的枫叶
你独自踏上了轻柔的海波
低着头向前走去
前面是血色的夕阳
夕阳为你铺一条又细又直的路
而你竟沿着那条路走下去了
再也没有回头
所以世人看到的永远只是你的背影

1991 年 3 月 6 日

# 囚

父亲盖了一间屋子
让你住了进去
然后就把门关闭了
狭小低矮的屋子里
你站成了永久的孤独
没有人知道屋里有人

1991 年 3 月 27 日

## 城市雕像

深夜的路灯像疲惫的眼
对着繁华渐沉的街
喧嚣已随人群走远
街口还聚着几处小摊儿
浸泡在寒气里
小摊儿后边是它的主人
从破落的工厂走出来
被塑成了城市雕像

1995 年 3 月 28 日

## 湖畔

坐在柔软明净的沙上
倾听风与水谈话
这时候你守在我身旁

一道道水波从彼岸涌起
飞越曲曲折折的湖
在脚下在耳畔汩汩作响
如同往事轻抚心房

往事随波竞相追逐
风与水还在谈话
我们仍然肩并肩坐着

1995 年 3 月 28 日

## 黑色的河流

暮色如故乡的炊烟
从地下袅袅升起
缭缭绕绕弥漫了太空

漆黑的夜如暴雨骤降
世间顿成一片汪洋
我就站在海的深处

自从大水淹没了地球
我想蓝天已成为海面
星月也被水打湿了吧

有风的时候，我的身边
驶过黑色的河流

1995 年 9 月 22 日

## 给程程


你要和我去一个地方
一个我们从未去过的地方
在陌生的土地陌生的人群中
修建经营一世的家园
从此远离父母亲人
带上父亲的沉默 带上
母亲的祝福 带上
故乡的明月 带上
二十年间所有的往事
从此远离我们的故土
在他乡漂流或定居


1996 年 5 月 24 日

## 渴望
——仿里尔克《预感》

一湖平静的水被土地包围
我渴望的风还停留在远处
一面镜子被镶嵌在框里
柳丝对我梳妆，白云向我嬉戏
偶尔经过的脚步唤不起一丝活力

终于来了，狂风伴着骤雨
它拉住我的手，我抓住它的脚
我背负着自身的重量向上飞翔
却一次次降落到原来的地方

2006 年 12 月 18 日

## 追忆

——仿里尔克《预感》

一条奔流的河水把我包围
昨天的面孔已记不清楚
流水冲刷着现存的一切
白色被黑色湮没，月光在阳光下消失
有些梦境却终生难以忘记

越来越多的日子淤积在河底
不期而遇的梦常常把我拯救
在这个世界上，除了梦还有什么
能漂浮在水上，永不下沉

2006 年 12 月 18 日

## 一个唯美主义者的清晨

我从躁热中醒来
阳台寂静
手触到木椅
感觉一丝丝清凉
像苦茶弥漫着甜味

我听见鸟鸣
从不同方向向我集中
清脆交错
这一声连着那一声
如同呼唤芳名

器物闪光
光也是一种语言
不属于器物不属于眼睛
它来自鸟鸣
剪碎的一瓣瓣晨曦

2009 年 8 月 21 日

# 小学门口的老板娘

铃声一响，她忽地蹲下去
左腿膝盖紧顶着乳房
乳房扁平，就像一团面
被擀成了饺子皮儿
边缘圆润闪着白光

炎阳和绿荫凝固在她身上
她浑然不觉，双眼盯着
奔出校门的一条条腿
推测着哪条腿会转向她
被她身边的零食吸引

2010 年 5 月 13 日

## 与唐力在水泥厂谈翻译

沉重坚硬干红，像鸟巢
倒扣在头顶，在太阳下反光
戴上它，你才可以走向水泥厂
洒水车从后面开过来，飞尘
与水珠突然把我们裹住

时刻在轰鸣，搞不清
机器的具体位置，你谈起
弗洛斯特一首诗的汉译
比较多一个字少一个字
造成的语气差异

这时我们站在窗口前
看一个浑身铁钉的巨轮
缓缓转动，我猜想
多一点原料少一点原料
水泥将会出现什么不同

随后我们被带进高大建筑的

内部，谈话转向了晚年
失明的博尔赫斯和他的译者
我们用脚摸索着台阶上升
眼睛注视着对方的嘴唇

交谈一旦深入，词语
就会清晰可见，如同睡莲
操作室里只有几台电脑
我们沉默下来，依然看不出
原料如何变成了水泥

2011 年 4 月 28 日

## 二重奏：栅栏与灌木丛

走在栅栏的影子里，
栅栏的尖锐并未把我伤害。
一切皆可转化，
只要高处的光芒还在照耀。

我们爱美丽往往胜过爱真实。
灌木的影子落在石板路上，
比灌木（土绿色）还美：
温柔的黑夹杂纯洁的白（像气孔在呼吸）。

我踩上去，它们却跳到我脚上，
迅速闪过鞋子的斜坡。
而栅栏长长的影子
像慈爱有力的手掌把它们笼罩。

2011 年 7 月 20 日

# 清晨，一辆单车穿过马路中心

清晨，一位妇女骑着单车笔直地穿过马路中心。
她形体高大，像一座移动的山峰。
车子后座上绑着一个硬塑料制成的红色小座椅，
一个孩子（不辨男女）歪在座椅的拐弯处，
硕大的头颅垂在座椅外面，身子隐在座椅里，
似乎脖子被拉长，变细。
那个孩子毫无动静，或许仍在酣睡。
骑车的妇女丝毫未感到后座的失衡，
单车依然笔直地穿过马路中心。

2011 年 9 月 13 日

## 柳叶湖日暮

——写给兮子、建华


此刻我不能像夕阳在湖上染出一道红
我只能坐在船里，听着机器的砰砰声
看黄漆的厚木板切开碧绿的湖水
荡起的波纹尚未消失，我们已经离去
刘禹锡站在水上，等待暮色向它聚拢
夕阳停在树杈间，如鲜红浑圆的鸟巢
孵育一串清脆的鸣叫，在我心中回响
何时才能深入生活，而不只是旁观空谈


2011 年 10 月 19 日

# 柳丝静垂
——在未名湖追忆与敬文东老师饮酒的夜晚

柳丝静垂，被夜空与湖水拉直
对岸的树如黑色山峰蔓延升沉
路灯等距离闪亮在树枝分叉处
此刻只有隐隐的红尘和噪声
被湖水过滤，形不成倒影

一个人站在校友桥上感受
初历与重温，汇合与分流
在沉醉中持续疏离自身
沿着扇形湖面向你靠近
悬在湖上的柳丝愈益宁静

2011 年 10 月 30 日

## 不命名的诗

——致意李商隐


只是一座山，没有神农
（那雕像已非血肉之躯）
清晨的山线条柔软舒展
像墨汁漫上僵直的屋顶
当太阳朗照，它会收缩
疏远屋顶，直到回归自身
正午的光将万物照透
生活不允许幻想持续太久
现实防御并抵制奇迹的发生
那天黄昏，我曾伴随山楂花
短暂地居留于山中；此刻
我的心可以轻松穿越这座山
却不能取消它的存在
不能阻止它将你我隔开


2013 年 5 月 20 日

## 合影

孙文波站在大成门下
晓宇提议让草树与草树合影
他跟小雨合影，而我已习惯
与一身合影；念叨着"通变为雄"
罗羽来到百年古树前，我给他们合影
枯树的断枝长满绿叶，季节到了
那些变黄的叶片纷纷飘向台阶
细雨稀疏，一只美国女人的手
静静牵着一只中国男人的手
只有仰慕者才能让雕像复活

2013 年 12 月 17 日

## 广场上空的燕子

落日失血，城楼发黑
众多燕子在天安门广场上空
高高飞翔，如亡灵归来
一个个污点飞进我仰望的眼睛

2014 年 5 月 18 日

# 晚点

你醒来，听见
一节车厢里有三个人
以不同的声音打鼾
在别人熟睡的节奏里
你失眠，夜已深
黎明尚远，你身子半躺
右胁突然疼痛如利刃插入
沉默的黑，列车长时间
停在一个无名小站
似乎今生已不可能
抵达渴望的终点

2014 年 12 月 11 日 4 时 57 分

## 橡皮

生来就是为了接受磨损

未必改变现实，只是修改墨迹
纠正或改错刚刚写下的自己

你的身体逐渐变形变黑
被擦去的墨迹改变了你

2014 年 12 月 21 日

## 在石漫滩水库
——和森子赠诗《白鹭夜行》


避免落单，我们在人群里走动
寻找可以谈话的人
你独自跑在前面，长发抖颤
对称的衣角向后摆动
你不时停下拍照
大坝右侧石灰剥落的护栏
黄昏时分的二郎山及其倒影
构成写实与虚构的拼贴
你迷恋美丽的远景，却站在现实这边
呈现一个个立体本真的细节
我们走动之处，崩溃随时可能发生
洪水或炸弹，灾变的时刻
使寻常的现实变成超现实
你偶尔爆发的愤慨并非诅咒
你肯定的话语仍释放出舒展的童声
零点以后，两股话语
交流在石漫滩的宁静里
在此前后，更多这样的夜晚

你独自面对被大水冲决的亡灵
以及被炸弹粉碎的肉身
寻求如何精确插入词语的房卡
打开一扇扇隐秘现实的房门
供未来的读者参观或无人来临

2015 年 11 月 15 日

## 隆起的桥身

——为泉声老哥而作


桥身艰难地隆起
形成一个悬空的半圆
迎来湖水优雅的应和

透过桥拱的半圆，我看见
三棵下身刷着白石灰的柳树
一对正在湖畔拥抱的情侣
它们的倒影重叠在颤动的水波里

仿效隆起的桥身
我正在水上营造词语的桥拱
水中的另一半将使它趋向圆满

2015 年 12 月 3 日

# 停在马路中间的小货车

一辆斜穿马路的黑色小货车
越过分道线时突然停住
跟在车后的小男孩（比车厢还低）
仍在推，车不动，他推得更起劲
小屁股撅到与头平行的位置
车依然停在那里。他不知道
此刻一辆辆轿车正从小货车前驰过
货车前的妇女用力阻挡小男孩的推力
以免他们仨被连续开来的轿车撞飞

2015 年 12 月 3 日

# 在铜铃山

一条形状像鱼的石头

试图逆流钻入石缝

在铜铃山的深谷

你暂时充当山水的过客

飞瀑坠入深潭的声音

在远处轰鸣，你的心

还能颤动，为刚刚遇到

却不能陪伴的美

就像慕白搞不懂鱼从哪里来

以及藤如何缠上了树

你不明白他人的美

如何变成了自身的痛苦

此刻你甚至不能像山间细雨

持续落在同一个地方

而是跟随他人的脚步

走得离自己越来越远

2016 年 3 月 21 日

# 独生子

每个小孩都源于一次激烈的性爱
那时男人所有力量都集中在一根棍上
女人呻吟着变成一堆颤动的肉
肉中的那个孔使她成为被控制的对象
射精的路和生育的路是同一条路

我看见一个男孩在枇杷树下独自玩耍
父亲不在他身边，母亲也不在他身边
没有人看见他成长，父母离他越来越远
他长成孤单，直到有个女孩来爱他

2016 年 5 月 30 日

## 南湖之夜

走到突然听见水声的地方
我们停下脚步，背靠木栏
无须翻译的水声轻柔地震撼我的心

在湖岸的转弯处
持续涌来的水波那么固执
透过乌云那密集群岛的缝隙
圆月向我们洒落银白

一身的白，茉棉的白
白冀林的白，这水声里的白
照亮尘世所有正在接触的事物

2016 年 10 月 17 日

# 奥斯威辛剩存的眼镜

这些堆积起来的眼镜
有的已破损有的还完整
镜片相互折射，镜架彼此穿插
转动在它们后面的眼珠
已在焚尸炉里变成灰烬
那些戴眼镜的人，士兵书生
阔少贵妇诗人画家已从人间蒸发
只剩下这些化石般的眼镜
像蠕动的蜘蛛大军
团结在一起或挣扎着离去

2017 年 3 月 4 日

## 春熙路的月亮与模特

一个暂住在金科北路的人
乘地铁 2 号线去春熙路
一抬头，看见月亮像个熟人
悬在两座高楼之间
夜色分布均匀的黑幕上
像个实心句号，那么高
贴着一个亮灯的窗口
墙上的巨幅模特顶天立地
似乎奢华富足就是幸福
路人在她的俯视下不断走过
乘电梯更上一层楼
他感到仍被俯视着
巨量的财富突然让他羞愧
他感到月亮也在俯视他
他感到墙上那个模特的原型
就住在月亮旁边的房间里
面对月亮他已无心抒情
他感到他置身在月亮与财富
交织的光芒中。是的

月亮照着诗人也照着商人
但此刻他感到到处是商人
商人却不知道他曾来过

2017 年 5 月 26 日

## 端午前一日去柳叶湖

已经有人在那里闲坐或走动
几乎没有说话声，像梦境
石栏杆上把头埋进双膝
中间的男子，以湖面为背景
自拍的女孩。几乎无人看湖
你说受风多的地方波纹更密集
乘船的入口已上锁，湖也上了锁
只能凑合着就近看看，一阵凉风
让我用旧的身体打了个激灵
我听见汪峰在唱，似乎他真在这里
真那么伤心。暮色愈来愈浓
一对对红木椅能挽留我们多久
这尘世，我们并非最先来到
也不是最后离去

2017 年 5 月 31 日

165

## 词语的擦痕

你说被组织进诗歌的词语会焕发出光泽，
形成一面词语之镜，映射出作者和作者所在
的世界。
但词语真能和生命发生联系吗？
它究竟是折一个人的寿还是延一个人的寿呢？
现在我喜欢把词语和虚无联系起来，我感觉
它们更亲近。
如果说生命从子宫中来，到虚无中去，
写作是否从心灵中来，到虚无中去？
写作这种词语的组合究竟有何意义？
它只不过是被偶尔保留下来的生命擦痕，接
近于虚无的擦痕。

2017 年 7 月 30 日

# 计生时代的生灵与亡灵

被上环的妇女
被避孕套隔离的性生活
被流产的女婴，男婴
为了保住工作
被迫杀害孩子的父母
生而孤独的一代
被消灭的兄弟姐妹，叔姨舅姑
超生罚款逃亡黑户口
娶不到老婆的农村光棍
浸泡在泪水里的失独老人
从多子多福到只生一个好
突然又放开二胎鼓励生育
让你捡回已经放弃的观念
昔日的顺从变成二次伤害

2018 年 7 月 10 日

## 游桃花源记

观光车疾驰生成透骨的寒意
我们无处不在又无处可去
融入山水成为另一个梦想
影子平铺水面如同幻觉
我们的肉体游荡在山水之外
那片方竹，让你目光中的圆
变成触摸中的方，没有什么
比现实更荒诞。在遇仙桥
轰响坠落的瀑布遇见你
满脸的愤怒，那条在清水中
扇动翅膀的鱼被投下的石头
惊成一道闪电。置身于山水
你仍笑不出声，深沉的忧郁
是你对人类犯下的罪
陶渊明看见的那座山有小口
仿佛若有光。你看见每个人
都有一颗渴望幸福却容易受伤的灵魂

2018 年 11 月 21 日

# 几乎看不出伤痛

为什么他们一定认为爱是一种大悲痛？

　　　　　　——德里克·沃尔科特

走在细雨稀疏的大街
一个没有打伞的人几乎感不到
雨丝落在头顶的棉帽上
没有人知道他身患绝症

飞驰的车轮碾过积水的路面
发出让耳道拥堵的声音
无人理会的浓烟排入烟厂上空
世界遭到污染，谁会追究元凶

红绿灯交替释放十字路口的人流
你得到了没有？你得道了没有
双手合十的虔诚菩萨
沉静的脸上几乎看不出伤痛

活着，目睹内心无限热爱的火焰

燃烧成一堆堆冰冷的灰烬

2019 年 1 月 14 日

# 有限的时辰

每一年似乎都是生命
最后的一年，不可逆转
清明节走在梁启超墓园
你不让我提"死"这个字
似乎那是可以避免的结局

每一天似乎都是生命
最后的一天，不会重来
春雨中，桃花皮开肉绽
从花瓣的裂隙中滴下的
似乎不是灼热的血泪

每一秒似乎都是生命
最后的一秒，不可挽回
绝症让死亡的边界更清晰
让人珍惜这有限的时辰
以推迟不可避免的事物来临

2019 年 4 月 8 日

辑六

组 诗 与
叙 事 诗
1989-2017

## 青春（组诗）

### 1 祭

脚下的路静默着
心中说不出的感觉

暮色点点饱饮思绪
飘成了层层薄纱的夜

一片啜泣声呜呜响起
两眼里流不出了泪水

遥想当年明月的影子
几时何曾照抚我掺白的青丝
1989 年 9 月 12 日

### 2 草丛中的小石子

一块透明的小石子

落在几株青草周围

风儿轻悄悄地吹来
草儿软绵绵地摇摆

小石子不说一句话
身上映着草的影子
1989 年 9 月 23 日


## 3 飞翔之梦

什么时候世界离我越来越远
我踏着清风走上蓝天
脚下的白云载着我
身上洒满太阳的光环

1989 年月 11 月 3 日

# 悼亡父（十四行组诗）

## 1 金属穿过父亲的肉体

事过多年声音犹在
金属穿过父亲的肉体
疼痛被关在门的里面
我和父亲失去了界限


对话脚步马路上的车轮
被嘶鸣的电锯割得粉碎
门里面听不见一点儿动静
声音和寂静失去了界限


死水之上波光闪烁
生命的涟漪在扩散中消失
疼痛舒适都感觉不到
生命和死亡失去了界限


寂静永存声音犹在
现在和过去失去了界限

2004 年 10 月 3 日

## 2 大雨眼看着就要落下来

四面皆风，乌云聚集
大雨眼看着就要落下来
我仍然站在街头观望
忘了踏上回家的路

双腿浮肿的人躺在床上
让别人给他刮去胡子
就像传说中的出生一样
死亡是每个人自己的事

但死亡并非自己的事
我在朦胧中清楚地听见
他们正在谈论我的后事
我将最后一次成为主要人物

我的恐惧我的悔恨
请你们紧紧把我跟随

2005 年 3 月 20 日 5 时

## 3 牵着山羊离开闹市

牵着山羊离开闹市
喧嚣像苍蝇一样把我追逐
羊，你不要悲伤
我还带你去寻找青草

我喜欢这样走在路上
沉默的跟随轻柔的呼唤
都是你对我的爱情
像你身上的毛一样素净

你在前面就是方向
没有家的人一生飘荡
你带带我我带带你
直到我们中的一个死去

羊，你是我内心的死神
是上苍派来的白衣天使

2005 年 4 月 1 日

## 4 有生之年

小船儿长年漂在水上
到处是水水就是方向
你临终时张望的眼睛
会不会占据我的余生

追忆只不过是一种可能
岁月的彼岸被水阻隔
我向你眺望向你航行
却不知你身在何方

我要用有生之年向你呼唤
从心里默默地呼唤
父亲，可能听到你的回音

覆盖一切的水把我包围
为什么美也会凋零
像我一样衰老成灰

2005 年 6 月 1 日

# 5 春回故乡谒父亲墓

麦田碧绿油菜金黄
春天的河水清澈透亮
空中弥漫着田野的气息
清新入目芳香扑鼻

东风徐来微波漾起
粒粒细沙静卧水底
远处的树木已经吐绿
麻雀的叫声格外短促

就像鸭子从水中捕食
我一头扑入地母怀里
两年前你从此离去
朝朝暮暮永存于斯

一滴泪流经身体各处
落下来打湿了整个大地

2007年4月12日,2153次列车(郑州至长沙)

## 6 离乡时瞥见父亲的墓地

父亲隔着黄土看我
他的目光穿过墓碑
之间的空隙，清晰如枯枝
伸展在灰白的天空里

向我射来的目光饱含怨望
使我的心像锣一样
咣当作响。旷野的飘风
向我聚集，如同洪水

穿越闸门夺路而出
尘世的善良如同玻璃
时刻承受着破碎的结局

即使毁于亲人之手
玻璃碎片依然透明
保留着伤害它的身影

2008 年 12 月 23 日

# 7 又见父亲

周围的光使夜色稀薄
地板砖的白色向上漂浮
电风扇持续旋转出沙沙声
熟睡的人还在呼吸

父亲，我又看见了你
你的微笑那么真实
一点点穿越遗忘的镜子
就像种子钻出土地

绿叶萌发，合拢成一台
扬声器，在夜色中
你的声音向外弥漫
浓密的黑头发如此清晰

父亲，只要我还活着
你就不会完全从尘世消失

2011 年 8 月 4 日

## 8 车过郑州

车过郑州想起不在尘世的父亲
二七塔还活着，不知还能活多久
给你看过病的医生还活着
不知还能活多久。在活人中

没有几个知道你已不在尘世
知道得多又如何？徒增叹息
二七广场的钟声还定时敲响
我们的爱再也不会复活

我们精致的肉体孕育出
敏感的心灵，随时感受肉身的
疼痛与毁灭。毁灭之前

让我们在混乱世界的一角
自成中心，我在这里你在那里
接受有限事物的无限吸引

2017 年 9 月 19 日

# 六粒子弹穿越一座乳房

## ——改写自梦天岚《遗失的河滩》

一粒子弹牵引众多目光
径直奔向我的乳房
就像一只鸟飞进巢中
我感到浑身一阵颤动

我低头俯视亲爱的乳房
中弹的左乳正在流血
如儿时手中的气球在收缩
高耸的右乳依然高耸

两只乳房吸引过两个男人
其中一个已死在我刀下
两只乳房哺育过两个女儿
她们正在人群中看我

又一粒子弹向我飞来
击中我体内的另一粒子弹
我和邵水河同时摇晃
再也没有船带我回娘家

2008 年 2 月 11 日

## 断臂的模特儿

樊简看中的那件裙子
此刻穿在模特儿身上
他声称只要那一件
买了献给他的未婚妻

导购小姐去搬值班经理
柜台里侧墙上露出两行字
"今天工作不努力
明天努力找工作"

樊简已经预感到胜利
他想象着两个女人
如何为另一个女人脱衣
想到她们把叠好的裙子

递到他手里，让模特儿
光着身子。事实并非如此
值班经理卸下模特儿
一只胳膊（像敬礼的倒影）

又转身卸下另一只胳膊

（像个木棍平伸向远处）

看着断臂的模特儿

樊简觉得那件裙子并不美丽

2009 年 8 月 12 日

## 下落不明的自行车

0 小偷颂

世界是你们的
也是我们的
但归根结底是你们的
你们小偷身藏暗器
行动诡秘，就像深夜的老鼠
而善良的人们闭着眼睛

1 厨房里的争吵

"我已经说过多少次了，
让你用两把锁锁住，
要不就把车子搬到楼上。
你就是不听，看看，
车子又丢了！鱼棋，
咱俩干脆离婚吧！"

平静的生活突然紧张
我和妻子的感情
竟然如此脆弱，经不起
一辆自行车的丢失


## 2 监控录像里的小偷

他气宇轩昂，目视前方
就像电影里的男一号
旁边的保安插话说：
"一看就是个老贼！"

拐过轿车的那一瞬间
他略有停顿。也许是录像
本身的故障，我不敢断定
随后他来到两座楼之间

左顾右盼，进了右边
又迅速转入左边
像个走错路的新居户
一转眼，他出来了

骑着一辆自行车
正是我的。"这么快，
你的车子没有锁吧？"
旁边的保安问我

我盯着车子没有作声
它正载着小偷飞速逃跑
冲向小区门口时，小偷
从胸前掏出一顶帽子

戴到头上遮住面孔
这套动作完成得很快
看上去就像变魔术
车子配合得也很默契

没有停止，也没有倒下
确实，自行车不是马
它没有"主子"的观念
为我服务，也为他效力

小偷和车子都不见了
路上只剩下一片片积水
监控录像有什么用呢

它让我心里不是滋味


3 "派出所来人了!"

有人在楼下喊"yu qi"
那声音陌生而怪异
千呼万唤，我终于听出
他喊的是我的名字

"我以为你不在家。"
他说了一句普通话；
"派出所来人了!"
这是一句德语，常德方言。

警车停在小区门口
两个警察身穿便衣
一个将军肚一个肚将军
我怀疑他们能否弯腰

行动迟缓，斯文伴随着
傲慢，不过态度蛮好
话多的人是个下手

长官乐于让他得到锻炼

话多的人说："小偷就是
吸毒的人。毒瘾一发作，
他们就偷窃。你的单车
只能换一两包毒品。"

"那车子呢？""早已卖了。
附近有个黑车市场，
你不知道？"听语气
他似乎就是那个小偷

技术师还没来，他们
等不下去了，让我弄好后
把偷车贼的录像资料送去
在警车的门关上之前

话多的人提醒保安：
"小偷如果再来，就把他
抓住，扭送到派出所；
但不能打，他们都是惯犯。"

# 4 "小偷抓住了！"

"小偷抓住了！"
保安在电话里告诉我
监考结束，赶到保安室
他的兴奋还没有平息

他一边播放录像，一边
向我介绍他的壮举（像个英雄）
在相互干扰中，我不知道
该看录像还是听他讲故事

奇怪，给我印象最深的
不是保安，而是小偷
我感到保安出手太狠
其实小偷是个大个子

但他始终没有还手
（还手意味着否认偷窃）
而是让身体蜷缩起来
接受拳打脚踢的洗礼

我感到失望，同情

压制了对勇敢的赞扬
话题转向我的自行车
他让我到派出所问问

我初次见到真实的小偷
（其实是个中年男人）
他被链子拴着，像个猴子
等着不知何时安排的审讯


## 5 下落不明的自行车

我几乎忘掉了小偷
直到有一天，保安问我
是否得到了赔偿
我还没有搭腔，另一个

保安说："失窃者
哪会得到赔偿？
派出所对小偷无非是罚款，
让他们保证决不再犯。

至于小偷肯定早就放了，

罚款恐怕也已经用完。"
对于我来说，赔偿
就是让那辆自行车回来

其他做法都无法消除
我对它的怀念。此刻
我知道它还"活着"
只是不在我身边，时近时远

2009 年 8 月 22 日

## 客车坠崖事件

郭文很懊恼，今天走不成了
找个旅店睡了一觉，醒来
打开电视，正在播报新闻
一辆客车在冷漠岭
坠入山谷，车中二十七人
全部丧生，原因不明

透过电视画面，郭文认出
那辆车，正是他被赶出的
那辆车，郭文脑中迅速
闪过那位女司机，把他
赶下车的女司机，是否
她也死了？瞬间的领悟

五个小偷上车行窃
从顾客到司机无一幸免
一个肆无忌惮的小偷
把手伸进女司机的胸前
旁若无人地触摸她的乳房

随后，他喊了一声"老大"

说司机的钱藏在短裤里
老大把司机的黑提包
扔在一旁，威胁女司机
脱下裤子，郭文的制止
被五条胳膊挡住，其余
二十一个乘客默不作声

小偷再次得逞，女司机
整理一下衣裳和头发
强迫郭文下车，客车
继续前行。郭文明白了
从他下车的那一刻起
她就决定让客车失事

2009 年 8 月 24 日

## 再见马戏团

走近之后，我才发现
那片花花绿绿贴在车上
三辆汽车停在街头
不整齐不平行不连贯

随意组成一个三角形
每个角都有重叠或间隔
两个男孩在一个角里斗架
手脚正常，动作正常

看不出他们有何绝技
车上的宣传画重重叠叠
钢丝上站人，椅子上摞椅子
一辆车上大书"顶级演出"

另一辆车呼应"完全免费"
两辆车之间扯着一根绳子
绳子上搭满了衣服，并排
在阳光和飞尘里，向下滴水

车辆呼啸而来呼啸而去
经过街角却无视他们的存在
当我走近车身，童年
看马戏的情景浮上心头

那时候，我羡慕他们
人小胆大，身怀绝技
渴望被他们带走
拜他们为师，闯荡江湖

而今我走在漂泊的路上
这些曾经让我激动的人
令我同情。第二天清晨
我再次经过街头，车去人空

绳子和搭在绳子上的衣服
如游云阵雨，踪影全无
一个工人正在清理他们
留下的垃圾，口中念念有词

2009 年 9 月 14 日

## 杏姨

李堡村杀了一个人，被害者
是个女子，她以出卖自己为生
卖她的人是她的丈夫
几天之后，她会设法逃脱

然后让丈夫再把她卖给别人
这次，她被卖给一个光棍儿
排行第四，据说有些傻
老爸出钱，让他也有了一个家

这家人看得紧，"新媳妇"
找不到逃跑的机会，春节将近
她丈夫发来短信，催她脱身
那天午后，傻男人在打盹

她操起菜刀砍入他的脖子
跑没多远，被老三发现
急忙唤来两个哥哥
他开三轮把老四送往医院

老四的伤势确实吓人
老大老二恼怒在心
决定惩治这个毒妇人
在太阳下把她拉到村口

一路上招来不少村民
得知真相后个个义愤填膺
他们把女人的衣裳剥光
把她吊在树上，点燃柴禾

他们用焦红的筷子插入她阴道
用刀子割去她乳房，扔进火里
然后把火引到她身上，让她自行燃烧
围观者欢呼雀跃，提前过了一个节日

被害者的丈夫得知其妻惨死
急忙报案，公安局派来大批警力
在夜色中包围了村子，将那天
来到现场的七十多人全部抓捕

直到这时，我还不知此事
和杏姨有什么关系。春节走亲戚
我在外婆家碰到她，才知道

她的丈夫就是那家人的老三

本来他正在医院照看老四
听说家中出了乱子，老爸被抓到县里
这个孝子主动投案，说人是他杀的
让公安局放了他父亲

结果他们被关在了一起
不久老爸死了，他也搭了进去
抓人那天，杏姨恰巧不在家里
她带着儿子回了娘家

听说家人被抓，再也不敢回去
每夜东躲西藏，睡不好觉
她儿子才四五岁，也跟着受怕
小时候，我爱去杏姨家

因为她家有棵石榴树
我一去，她就给我摘石榴
坚硬饱满的石榴，切开皮
露出里面的果实，洁白像玉石

裹着红瓤，抠一粒放嘴里

浑身都是甜的。如今面对她的儿子
我没有石榴给他，甚至不知道
如何安慰，如何说话

2009 年 9 月 15 日

## 刘四拐子

刘四拐子死于心脏病
当时我远在他乡，听说
病来得很快，她受苦不多
从县医院拉来，埋进了祖坟

刘四拐子没有子女
一对即将回城的知青
生下一个女婴，丢在路上
哭声让她把婴儿抱在怀里

后来她把婴儿养大成人
刘四拐子没有生育
不知她死时是否处女
她丈夫身材魁梧

却无力进入她的身体
五爷结婚那天夜里
她在窗外偷听到天明
然后把他们的私房话

公之于众，并宣称：
"只要还在肖家门里，
我就不会有自己的孩子！"
一天，她把公公的帽子

夹在裤裆里；帽子的主人
是个私塾先生，见此情景
气得嗷嗷乱叫，随后身患重病
气不能出，死于五十五岁

"文革"期间，刘四拐子
从生产队长变成批斗会长
那时白天上工夜里辩论
受批的人被装进麻袋里

她一口气把灯吹灭
朝麻袋里的裆部就是一脚
接着其他人纷纷出手
事后她让人重新点灯

把麻袋里的人放出来
麻袋里的人被打了
却不知道打他的人是谁

当然，除了刘四拐子

乡村风俗：无论男女
死后都由男人安葬。刘四拐子
惩治的男人太多，她预感
这个村庄已无人给她料理后事

而且她没有儿子，事已至此
她宣称："在临死之前，
我会在脚上手上绑满馒头，
让狗把我拉进祖坟！"

二大爷讲到这里突然停顿
这番话令我震惊，不敢相信
此前，我从未听说刘四拐子
这个人；我叫她"四奶奶"

后来知道她的名字"刘来荣"
我还记得和她一起播种的情景
她掘地，我把几粒玉米丢入坑中
她再把铁锨上的土放回原处

这时候，她的外甥儿

坐在地头的凉荫里独自游戏
她关心我的婚事，劝我找对象
身材要高，脾气要好

我没有奶奶，时常感觉
她就是我的奶奶。爷爷下葬那天
我听见四爷哭着喊叫"大哥"
当时我守在坟边的路上

和一位老人坐着乘凉
我向他询问我奶奶的事：
"你奶奶是上吊死的。
当时你叔还小，该上工了，

他总闹着不让你奶奶出门，
结果，你奶奶老是迟到，
被刘四拐子训斥，批斗；
你奶奶脸皮薄，就寻死了。"

上吊的人不能埋入祖坟
我爷爷死后仍是孤魂野鬼
这多少让我明白了刘四拐子
为什么变成了"四奶奶"

"文革"之后，也许她想弥补
疯狂年月里犯下的罪过
逼死了大人，只能善待小孩
尤其是到了晚年，她更渴望

有个儿子。这个基本愿望
四爷始终没有让她得到满足
后来她去四川买了个男孩儿
没想到同行的三叔中途走失

从此，二奶奶撺着向她要人
遍寻不见，她只好弃家出走
死后还乡。这一点她未必知道
也许人死之后并不需要故乡

2009 年 9 月 15 日

# 几何人体
## ——词语雕塑的女子

## 1 发

火焰的倒影，向下飘拂
随风弯曲时飞出火星
它燃烧，却不留下灰烬

头发就是头发，找不到喻体
麦子覆盖土地，头发覆盖
生长的秘密；永远是这样

当你察觉，头发已变长
似乎青丝银鬓像线团一样
储藏在大脑里，夜深时

被梦的手抽出，越抽越长
供你梳洗：挽高髻或编辫子
有时也不妨披散于地

像门帘一样遮住眼睛

遮住整个面孔；柔软细长
曲直相间，香洁的发丝

最美的线，多么自由
随意组成不同的汉字
组成一部爱的奥义书


## 2 面

两面倾斜的湖水连成一片
美丽源于青春，少女
羞涩的红晕，让画家绝望的

最美颜色。隔着你的肌肤
阳光与血液在恋爱（使肌肤透明）
酒窝对称，只在说话时凹陷

五官在此相聚，永不分离
这完美的场景令人感动
你根本没有理由轻视自己

眼睛，图形复杂却不降低美

圆中套圆（黑白相间如昼夜交错）
越小越圆，向中心无限收缩

曙光初现，双眼张开如湖水
左右转动，让目光尽量扩散
随时随地看见这个世界

上下眼皮合成一道便门
睫毛如掸子，眉毛像屋檐
眼睛，最受保护的婴儿

耳朵，时刻张开的海螺
隐身在发丛，聚拢尘世之声
超越距离，无视黑夜黎明

鼻子，平原上的孤峰
内置双管道，从绝壁深入腹地
绝妙的工程，呼吸一刻不停

嘴唇，开合自如的洞穴
玉齿为城门，舌头如红云高悬
摇动词语的魔盒，洒落

体内玄机的雨丝：洞深无底
时刻等待食物进入空虚
空虚填不满，势必成虚无


## 3 乳

乳房，男人一生的宗教
倾向于圆，没有固定形状
有时安静有时摇晃

乳房，内衣里的元宝
两个洁白的圆合成一条
黑色的线：接触即鸿沟

乳房，胸前的一对老虎
在同一片山林歇宿
终生相伴却彼此孤单

乳房，男人一生的宗教
倾向于美好，结局难以预料
可能幸福可能遭殃

## 4 臀

你坐在椅子上，臀部
酷似一粒微型的黄豆
屁股浑圆，各占半边天

我的视线被完全遮断
此时，中间的裂纹格外清晰
它似乎要把臀部分成两半

分开臀部的那条裂纹
连接臀部与椅面的两条切线
形成一个立体的三角

绝对牢固：臀部钉着椅子
椅子钉着臀部，足以保证
胎儿周围的羊水不被震动

2010 年 2 月 17 日

# 对称之书（组诗）

## 1 电梯载着深渊

你用手指点击按钮
红色数字急剧变换
电梯载着深渊飞速下沉
你听见它摩擦墙壁的声音
两扇门在你面前自动敞开
等你进去，它紧紧关闭
电梯载着你越升越高
你相信那扇门还会为你打开
相信这个世界绝无例外发生

2012 年 3 月 12 日

## 2 读蓝蓝

她把词语种在纸里
让根须深入时代的黑暗

让枝叶伸向心灵的蓝天

她从词语中吹出火星
她吹旺词语的火堆
她用过的词语不再熄灭

2012 年 3 月 13 日


## 3 双腿床

母亲坐在小凳上
宝宝躺在她腿上
那两瓣小小的臀正好
填满两腿间的空隙
宝宝的眼已闭上
红红的嘴还张着
留恋那颗发紫的乳头
（仍露在衣服下面）
梦中的宝宝
被两只胳膊环抱
母亲的嘴已停止哼唱
干净的花上衣

还在接受一只手的轻拍

我们都做过母亲的宝宝

在双腿床上一天天成长

2012 年 3 月 13 日


## 4 削土豆

刀子在土豆体内转动

弧形的刃刮擦莹润的肉

在震动中发出的嘶嘶声

传遍土豆周身

土豆体内霉变的部分

变成黑色雪末飘下来

始终没有流出一滴血

2012 年 3 月 13 日


## 5 择菜的女子

择菜的女子

忘了她的性别
洒满白色圆点的黑裙
垂在叉开的腿间
此刻她眼里只有芹菜

2012 年 5 月 10 日

## 不安之诗（组诗）

### 1 晕眩

晕眩。雨水增多一倍
远方的你四只眼睛
两张嘴巴，如坐在颠簸的车中
停不下来；母亲，我离你太远
不能握住你的手，缩减你晕眩的幅度
你的现状就是我的晚景
你的晕眩促使我加速生活
加速使身体变形灵魂变质
命运的曲线已难更改
残存的爱发酵成徒然的痛苦
此刻，超脱近乎残酷
而我已听不到内心的谴责
世人形同虚设，他们
不能引领我也无意把我挽救

2012 年 6 月 10 日

## 2 在昌耀墓前

绿色蔓延，野草俯视树顶
烈日将一切照白，阳光穿透皮肤
点燃灼热的内心，墓碑升腾

如火焰，舌头翻卷有声
你们坐车太久了，应该下来
走走，野花也会移动头颅

人到中年，视听飘忽
倾向于下坠，被死神吸引
在无可拯救中向你俯身

仍在墓碑中跳动的那颗灵魂
此刻与我如此亲近，它
试图挽留我体内残存的良心

在我与疏松的生命之间
一种爱制造出来的强烈摩擦
延缓我垂向末日的进程

而他们无视你的存在

让他们欢乐吧，一个人声誉

再高，也不能因为自身的死


而阻止世人的欢乐

我只对个别人有效

使他们痛苦，却无须抱歉


2012 年 6 月 17 日


## 3 人性的硬与软


清晨醒来，逐渐恢复昨日的自己

在雨中出行，吃早餐，上班

摆摊人在伞下，买菜的如约而来

剁鱼（还会动），称虾（到处爬）

生活需要交易，无视雨水

淋湿头顶，溅脏裤管

悬吊在铁钩上的长条猪肉

如红白相间的沉重门帘

门帘后那个黑衣女人

正微笑着从躺椅上起身

"质量保证价格优惠"

说着她右手操起尖刀
她哺育过孩子的乳房
从低胸衣中坠下来
那道发黑的乳沟
卡住闪光的白刃
刺向一块淤血的红紫
她已听不到肉体喊疼的声音

2012 年 6 月 26 日

后记

## 十四行诗及其变体

在赵瑜兄的帮助下，我在2004年出过一本《北大十四行》，当时之所以出诗集，很大程度上是因为那年我获得了第一届"我们"文学奖。非常荣幸的是，许霆在《中国十四行诗史稿》（北京大学版2017）第十二章第4节论及了这些诗。从2008年开始，我写了一些三行体诗，当时以为是个发明，就在2010年编了一本诗集，并写了序《从十四行诗到"三行体"诗》，但并未出版。本来我想到晚年出一本总结性的集子就可以了。这次少卿兄提供了一次机会，唤起了我出诗集的热情，就在2010年编的集子基础上整理出了这部诗稿。

在编排上，这部诗稿注重诗体意识，全书分成十四行诗、双行体诗、三行体诗、杂体诗，以及组诗与叙事诗等几类，然后再按写作时间顺序排列。这样编排虽然有些麻烦，但能提供比单纯的时间排列更多的意味。需要强调的是，"行"是现代汉诗的基本单位，这里的"双行体"并非严格意义上的欧洲诗歌观念，也不同于中国古典诗歌中的对句或对联，只是取其成双成对的意思。汉诗重双轻单，这在近体诗里体现得十分突出，绝句其实是两个对句，律诗则是四个。《神曲》（约1307—1321）是"三行体"诗的杰作。全诗共三部，每部33篇，前面有一篇序诗，共100篇。三部的名称分别是"地狱""净界"和"天堂"，它们各分为九层，每部都以"群星"（stelle）一词结束。每部篇幅基本接近："地狱"4720行；"净界"4755行；"天堂"4758行，合计14233行。在形式上，每节三行，连锁押韵：aba，bcb，cdc……就此而言，《神曲》足以成为"三行体"诗的典范。它的出现应是基督教"三位一体"观念的产物。意体十四行前两节各四行，后两节各三行，我谈的"三行体"诗主要源于意体十四行后两个三行诗节的启发，因此可以把"三行体"诗看成意体十四行诗的变体。除《浣溪沙》外，中国古典诗歌里很少出现这种诗行结构。"三行体"诗的核心是复杂关系与民主精神，其美学风格主要是不对称、戏剧性及多声性，非常契合现代汉诗的内在要求。至于杂体诗则是"双行体"与"三行体"的融合，其实意体十四行诗就是这样的融合。

新诗诞生之初，"增多诗体"成了诗人和诗论家们共同努力的目标之一。试看朱自清的回顾："新诗形式运动的观念，刘半农氏早就有。他那时主张（一）'破坏旧韵，重造新韵'，（二）'增多诗体'。'增多诗体'又分自造，输入他种诗体，有韵诗外别增无韵诗三项……"今天来看，可以称为"自造"的诗体应是闻一多等人提倡的新格律体诗，以及所谓的"民歌加古典"；从国外输入的诗体主要是十四行诗。至于"有韵之诗外，别增无韵之诗"实即自由体诗，它一直是新诗的主流。但从句式来看，《天狗》与《蜀道难》并无多大差异。就此而言，自由体诗可以视为古风与乐府的变体。除此以外，新诗的诗体建设似乎乏善可陈。不过，我提出"三行体"诗并非仅仅出于对诗歌形式的考虑。把一首每节四行的十二行诗变成每节三行的十二行诗是没有意义的，甚至有可能会破坏原诗的结构。之所以提出"三行体"诗，是因为我觉得它更适合描述现代生活，尤其宜于揭示现代人的精神状况。按照闻一多的意见，艺术应当表现人与人之间的关系："我们要画人物，不仅要画个人而且要画群众，要画人与人之间的关系，要表现出人在社会上的关系。"而现代人际关系是复杂多变的，现代人的感情体验也往往更加起伏动荡，甚至倾向于极端：理解与隔绝、依赖与伤害、信任与怀疑、贪婪与矜持、冷漠与慈悲、诱惑与欺骗、冲动与绝望、痴情与背叛、稳定与嬗变，如此等等，而且这些状态不同程度地存在于一个人的内心世界里，它们两两结合、彼此交织，在人们隐秘的精神世界里汇合成"三生万物"的无尽图景。总之，为了更恰切地表现现代人这种错综复杂的精神状况，这是我提出"三行体"诗的内在依据。因此，"三行体"诗无意于提炼一个明确的主旨，而是致力于描述现代人内心世界的各种领域和不同层次，并尽可能揭示其多元性和相关性，在不同意向之间形成饱满的张力关系。当然，一首诗应围绕一个具体的题材展开，以免使作品显得过于涣散。在"三行体"诗里，往往会出现"物"，其作用是把不同的人联系在一起，但它并非一个简单的媒介，而是和人一样重要的意象。也就是说，"物"和人都属于意象主体，它们是主体间的关系。

至于"三行体"诗的艺术形式，首先从整体上应具有严谨的结构。每首诗都应根据写作的需要探索与题材契合的诗歌结构。当然，古人总结的"起承转合"仍然有效，但应灵活处理。在诗节方面，无论一首诗分成几节，每节都应自成一个独立的单元，在保持完整性的同时体现一定的连贯性。这种既封闭又开放的诗节更有利于形成诗歌的密度和弹性。在对偶与押韵方面均不刻意追求，以达到与心灵节奏相符的自然状态。在建行方面首先要注重大致整齐，根据表达的需要，诗行内部可断可连。跨行要慎重使用，因为借助跨行有时固然可以创造一种悬置与接应的诱人效果，但跨行太多就会破坏诗歌形体的稳定性，使作品陷入破碎松弛的窘境。值得注意的是，中国的传统节日并不乏单数，如正月正、三月三、五月五、七月七、九月九等，只不过经过重复之后，便产生了变单为双的效果。在"三行体"诗中，同样也可以变单为双，甚至形成对称关系——对称的未必是字句，而是语意。新诗诞生之初，郭沫若、徐志摩、闻一多、戴望舒等人都有尝试性写过三行体诗。新时期以来，北岛、多多、欧阳江河、萧开愚、张枣、海子、臧棣、韦白等人也写过这种形式的诗歌。其中有些"三行体"诗非常注重"三行"与"三元素"的整体对应关系。此外还有些"三行变体"诗，主要是三行与一行，以及三行与二行的混合体。尽管"三行体"诗的数量不多，还不成规模，但一直绵延不绝。而当前这个复杂的时代更为"三行体"诗的发展提供了广阔空间。我相信"三行体"诗拥有的并不只是一个美好的前景，而且能产生一批成熟的诗歌。

这部诗稿仅选取题材不太敏感、表达相对完善的部分，大体上处理的是自我经验以及对他人的观察，前者可能有些抒情，后者一般比较冷静，有时也将它们融合起来，并显示出相应的时代背景，但我希望它们同时包含着某些超越时代的因子。

2018 年 1 月 7 日

**图书在版编目（CIP）数据**

有限事物的无限吸引：程一身诗选／程一身著．—上海：

上海三联书店，2020.6

ISBN 978-7-5426-6927-8

I.①有…　II.①程…　III.①诗集－中国－当代　IV.①I227

中国版本图书馆CIP数据核字(2019)第286965号

---

# 有限事物的无限吸引：程一身诗选

著　　者／程一身

责任编辑／朱静蔚

装帧设计／微言视觉 | 乔　东

监　　制／姚　军

责任校对／周青丰

出版发行／上海三联书店

　　　　　　（200030）中国上海市徐汇区漕溪北路331号

　　　　　　中金国际广场A座6楼

邮购电话／021-22895540

印　　刷／山东临沂新华印刷物流集团有限责任公司

版　　次／2020年6月第1版

印　　次／2020年6月第1次印刷

开　　本／787×1092　1/32

字　　数／47 千字

印　　张／7.5

书　　号／ISBN 978-7-5426-6927-8／Ｉ·1583

定　　价／48.00元

敬启读者，如发现本书有印装质量问题，请与印刷厂联系0539-2925680。